コーラル城の平穏な日々

デルフィニア戦記外伝２

茅田砂胡
Sunako Kayata

C★NOVELS Fantasia

口絵　沖麻実也
挿画
DTP　ハンズ・ミケ

目　次

ポーラの休日

それはデルフィニアとタンガ両国の国交回復記念式典が無事に終わり、めでたくもラモナ騎士団長とエンドーヴァー子爵未亡人のラティーナとの結婚が正式に決まったある日のことだった。

デルフィニアの国王はいつものように芙蓉宮《ふようきゅう》で晩餐《ばんさん》を楽しみながら、おもむろに切り出した。

「たまにはゆっくり休んではどうかな？」

この時、芙蓉宮の女主人であるポーラは、絶妙の焼き具合に仕上がった雉肉《きじにく》を国王のために切り分けようとしていたところだったが、きょとんとなって、不思議そうに問いかけた。

「それはあの、テス夫人やメアリを休ませてやれという仰せでしょうか？」

「違う、違う。ポーラがだ」

「わたしがですか？　ですけど、わたしはお休みをいただくようなことは何もしておりませんのに」

大真面目に言われて、デルフィニア国王ウォル・グリークは苦笑を禁じ得ない。

ポーラ・ダルシニは国王の愛妾《あいしょう》である。

だから今も二人きりで晩餐を楽しんでいるのだが、ここまでこぎつけるのは大変だった。

芙蓉宮に迎えられた当初などは、国王が芙蓉宮を訪問している間は絶対に腰を下ろそうとしなかった。

食事中ともなればなおさらである。

陛下がお食事を召し上がっているのに座り込んでいるわけにはいかない、畏《おそ》れ多いと言うのだ。

自分は台所で料理に専念する、さもなくば給仕に徹すると言い張ったが、それでは愛妾の元を訪れた国王が一人で食事を摂ることになってしまう。

結局、ある意味では国王以上にポーラに影響力を持っている王妃が笑いながら、

「その陛下が一緒にご飯食べてくれって言ってるんだから問題ないじゃないか。国王の愛妾なら国王の希望を聞いてやるのも仕事のうちだぞ」

と言い聞かせ、ポーラはおっかなびっくりながら、ウォルと向かい合わせに座るようになったのだ。

それでも最初は大変だった。

表情も身体も硬く強張って、ろくに食べ物の味もわからないような有様だったが、この頃はようやく打ち解けてきたのか、食事中に笑顔も見せるようになっている。

「休みはいらないというが、ポーラは城へ来てからずっとこの芙蓉宮に詰めているではないか」

「はい。だって、それがわたしの務めですもの」

実質上は夫婦でありながら、ポーラはあくまでもウォルに仕える側女《そばめ》としての立場を崩さない。

国王の愛妾という地位を得た女性が当然のように望む贅沢《ぜいたく》な衣裳も豪華な宝石も、特別あつかいさえ、ポーラは笑って退《しりぞ》けていた。

彼女が望んだのは何よりも国王の傍にいることだ。

ポーラは料理も得意で、針も器用に使う。愛情を込めて、日々国王の身の回りの世話に励んでおり、それを喜びとしていたのである。

「そうだな。ポーラが働き者なのは承知しているが、一年中、俺の世話ばかりでは退屈だろう」

何気なく言ったこの言葉に愛妾は顔色を変えた。

「退屈だなんて、決してそんなことは……」

国王も慌てて謝る。

「いや、すまん。どうも俺は言葉がまずくていかん。ポーラが俺の世話をしてくれるのは非常に嬉しいし、助かっているし、ありがたいとも思っているのだ。本当だぞ」

この宮へ来れば政務を忘れて、一時《いっとき》でもくつろぐことができる。家庭の団欒《だんらん》を味わうことができる。

自分は当たり前に働いているだけだと思っているポーラは知らないが、これは国王にとって予想外に大きな喜びであり、幸福感にもつながった。

だからこそ、その働きに報いたかったのである。

「俺ばかりが幸せを感じているのは不公平だからな。ポーラにもたまには気晴らしをしてほしいのだ」

「はあ……」

　自分は陛下のお傍にいられるだけで幸せなのにと思いながら、生返事をして頷《うなず》いた。

「ですけど、陛下。気晴らしを勧めるのでしたら、わたしなどより王妃さまが先では？」

「あれは俺がわざわざ勧めなくても勝手にしている。今でこそ西離宮に落ち着いているが、かつては何ヶ月も顔を見ないことも珍しくなかったのだ。しかし、ポーラに何ヶ月も城を留守にされたのでは俺が困る。そこで妥協案だが、一日、この離宮を離れて、市内見物でもしてきてはどうかな」

　デルフィニア国王の愛妾としての日常は、決して楽なものではない。

　重臣の夫人たちとの女同士のつきあいはもちろん、公式の場にも顔を出し、外国の要人たちの接待にもあたらなければならない。特にここ最近は、何かと心労の多い日々が続いていたはずだ。

　少しでも労《ねぎら》ってやりたいという国王の気持ちを汲《く》んだのか、ポーラはようやく顔をほころばせた。

　市内見物というのは確かに嬉しい。

　小身の地方貴族の娘に生まれたポーラにとって、コーラルはずっとあこがれの大都会だったのだ。

　今はその頂点である王城に住み暮らしているが、ポーラはそのコーラルを一度も見物したことがない。

「ありがとうございます。それではあの、お言葉に甘えて街を見物に行ってもよろしいでしょうか？」

「もちろんだとも。馬車も供の者も用意させるぞ」

「とんでもない。自分の足があるんですから歩いて参ります」

　国王はまた苦笑した。

「せめて城内くらいは馬車を使ってもらいたいな。この宮から大手門までは優に二カーティヴはある。そこまで徒歩で下りて、さらに市内を見物して歩き回ったりしたら足を痛めてしまうぞ」

「あら、わたしは山育ちですもの。平たい町中ならいくら歩いたって足が痛くなったりしません」

「しかし、足がむくんで太くなるだろうに」

「平気です。わたしの足はもともと馬車馬のように丈夫で太いんですから。それとも、あの……」

言葉を呑み、国王の顔色を窺《うかが》いながら、ポーラはおそるおそる問いかけた。

「陛下は足の太い女はおきらいでしょうか？」

「いいや、この雉のような骨と筋だけの足などより、よほど健康的でよいと思うな」

王妃が聞いたら『もうちょっと気の利いた台詞《せりふ》は吐けないのか』と文句を言うところだが、ポーラは国王の言葉に安心したらしい。

にっこり笑って頷いた。


翌日、アランナが芙蓉宮に遊びに来た。

アランナはラモナ騎士団長ナシアスの妹であるが、出身も嫁ぎ先も小身貴族にすぎない。

本来ならば国王の愛妾と親しく交際できるような身分ではない。腰を低くしてポーラの『機嫌窺いに来る』のが筋だが、二人は非常に仲がよかった。

ポーラも小身貴族の出身だったから話も合うし、気心もわかるのだ。

「陛下のお許しを得てコーラル見物に？」

「ええ、アランナさまもご一緒に参りませんか？正直言って、わたし一人ではコーラルのどこを見て回ればいいのかもわからないんです」

「もちろんですとも。まあ、嬉しい。子どもたちはマリアに預けて参りますわ」

アランナは大はしゃぎだ。

二人は熱心に針仕事をしながら話に興じていたが、アランナはその手を止めて考え込んでいる。

「どこを見て回りましょうね。舞台劇？　演奏会？そうだわ。いっそのこと奇術などはどうでしょう。まだ南にいた時、何度か見たことがありますけど、なかなか凝《こ》ったものでしてね。人が剣を呑んだり、火や水を操ったりするんです。きっとポーラさまもびっくりなさると思いますわ」

「おもしろそうですけど、アランナさま。そういう出し物は陽《ひ》が暮れてから行われるものでは？」

ちょっと心配そうに言ったポーラに、アランナは驚いて眼を見張った。

「まあ、ポーラさま。では、昼間に出かけて夜には戻るおつもりですか？」

「ええ。コーラルは中央でも一番大きな街ですから、その賑わいを一度は見たいと思っていたんですけど、陽が暮れてから奥さまをお借りするのではご主人に申し訳ありませんもの」

明るいうちしか見て回らないのでは大都会の持つ楽しみの半分も味わえないことになるが、ポーラはそれで充分だと思っていた。

見たい芝居や出し物があるのなら、最初からそう言って国王に連れていってもらえばいい。しかし、妻が夫を置いて『夜遊び』をするのは感心しない。

大貴族の夫人たちが聞いたら鼻で笑っただろうが、ポーラはそう考える階級の出身だったのである。

そして、ありがたいことに、アランナもポーラの意見に賛同するだけの慎《つつし》みを持った女性だった。

「もっともでした。わたしの留守中にピサロが妙な考えを起こさないとも限りませんし、早々に戻って監督しなくては」

悪戯《いたずら》っぽく言って、また考える顔になる。

「昼間の市内見物だと、やっぱりお買い物を中心にしたほうがいいのかしら。市場を一通り見て回って、せっかくですから魔法街に行ってみませんか？」

「魔法街？」

ポーラには初めて聞く名前だったが、アランナは眼を輝かせて手を打っている。

「そうだわ！　昼のコーラルを見物するならここを外す手はありませんもの！　わたしも行ったことはないんですけど、一年中お祭りのようなところで、普通の町中では見たこともないような珍しい品物も売っているし、大道芸人もたくさんいるんですって。きっといい気晴らしになりますわ」

「不思議な名前ですねえ。魔法街ですか?」

「ええ。有能な占い師や祈禱師《きとうし》が集まっているのでそう呼ばれているそうです。噂《うわさ》では本当に魔法を使う者もいるとか……、夜になると街のあちこちで謎めいた呪文が聞こえるんですって」

芝居気たっぷりに険《けわ》しい表情をつくるアランナにポーラもつられて声を低めた。

「そんなところに出入りしても大丈夫でしょうか。何やら物騒なところなのではありません?」

アランナは笑って首を振った。

「心配なさることはありませんわ。今のはあくまで暗くなってからの話で昼間は大変な賑わいですから。これも噂ですけど、このお城にお屋敷を構えているような貴婦人方も、身分を隠してこっそり魔法街を訪れたりするのですって」

かく言うアランナも『陛下直々にお城に屋敷を賜《たまわ》った貴婦人』なのだが、その事実は頭に入っていないらしい。

一方のポーラもポーラで、

「そんな深窓の奥様方が直々にお忍びでお出かけになるんですか?」

自分はそれより身分の高い国王の愛妾なのだとはまるで気づいていない様子で、眼を丸くしている。

「何でも恋しい人の心を占ってもらったり、思いが成就する呪法を施してもらったりするんですって。時にはもっと大胆な手段を頼んだりもするとか……。今だから白状しますけど、わたしもその神秘の力に頼ろうかって真剣に思い悩んだことがあるんですよ。もちろん、わたしが使うわけじゃありませんけど」

急いで前置きして、アランナはちょっと笑った。

「今にして思えば無茶なことを考えたものですけど、兄があんまりぐずぐずしているものだから、わたし、気が気じゃなかったんです。お義姉《ねえ》さまなら兄にはもったいないくらいの方ですし、互いに思い合っていることも明らかでしたし、こういう時には殿方のほうから積極的な態度に出るのが当然ですのにね。

それとなく兄を励ましてはいたんですけど、ひどくじりじりさせられる日々が続いて、あんまり心配で、わたしとしたことが料理の味付けも間違えるような有様でして、こんな思いをするくらいなら、いっそあの街で惚《ほ》れ薬《ぐすり》を手に入れて兄に飲ませたほうが早いんじゃないかと思ったんです」

「そんなものまで扱っているんですか⁉」

「ええ。効能あらたかだと大変な評判のようです。その分とても高価な品物みたいですから、我が家の台所では手が届かないのはわかっていたんですけど。その必要もなくなってほっとしました」

　実の妹のアランナが大真面目にそんな強硬手段を考えるくらい、ラモナ騎士団長ナシアスとエンドーヴァー夫人との恋愛は遅々として進展しなかった。

　業《ごう》を煮やしたバルロさまが強権を発動してくださらなかったら（ティレドン騎士団長が筆頭公爵の身分を全面的に表に出してナシアスに圧力をかけることをアランナはそう呼んでいた。ナシアスが以前、『強権発動もいいところだ！』と珍しくもバルロに憤慨《ふんがい》していたところから覚えたのである）いったいどうなっていたことかと、アランナは嘆息《たんそく》した。

　兄は親友の口出しを不満に思っているようだが、この場合、誰が見たってバルロが正しいし、兄には反論の余地はないとアランナは固く信じていた。

　同時に心からバルロに感謝していた。

　何やら考え込んでいたポーラが顔を上げ、ひどく真剣な口調でアランナに問いかけてくる。

「その惚れ薬というのは、意中の殿方の心を自分に向けさせるものですか？」

「はい。宮廷婦人の遊びの一つなんだと思います。もちろん秘密の遊びですけど」

　アランナの口調はちょっと苦い。

　夫一人を心から愛しているアランナにはそうした遊びが理解できないのだ。もっとも宮廷婦人たちも、この楽しみを拒絶するアランナを『おかわいらしい人だこと』と言って笑うだろう。

「その薬、効果はどうなのでしょう?」

「わかりません。本当に確かめたわけではないので。今のはみんな噂で聞いた話なんです」

「どういう種類のものなのでしょう。たとえば——使用した本人と特定の殿方との間を強く結びつける効果しかないものなのか。それとも、特定の女性と男性を結びつけたりする応用が利くのか……」

アランナは驚いて問い返していた。

「ポーラさま。まさか、それを陛下に飲ませようとおっしゃるんですか?」

ポーラは飛び上がって、慌てて首を振った。

「とんでもない! わたしは充分すぎるくらい幸せですもの。ただ、今のアランナさまのお話が……」

「どの話ですか?」

「お二人とも互いに思いを寄せていらっしゃるのに進展しない、こういう時は男性のほうから歩み寄るべきだというお話です。それがまるで……」

話しながらも手は動かしていたポーラだが、針を持つ手を止めて、そっと囁《ささや》いた。

「あの方たちにも当てはまるような気がして……」

アランナも納得して頷いた。

愛嬌《あいきょう》あふれる丸い顔と小柄な体躯《たいく》のおかげで、二児の母となった今でも少女のような雰囲気だが、アランナは実は聡《さと》い人である。

「シャーミアンさまと独騎長さまのことですね?」

「ええ。あのお二人なら本当にお似合いですのに、どうして独騎長さまは……」

苦しそうに言葉を呑み込んだポーラだった。

あの黒衣の戦士とドラ伯爵家の令嬢との縁談は今、宙に浮いた形になっている。

まとまったのではない。

破談になったのでもない。

一時保留という扱いらしいのだ。

それも、王国の英雄であるドラ将軍が直々に娘をもらってくれと申し入れたにも拘《かか》わらず、イヴンのほうがいい返事をしなかったのだという。

この顚末《てんまつ》はポーラには理解に苦しむことだった。

ポーラはイヴンやシャーミアンについてそれほど詳しく知っているわけではない。

相手は何しろ国王の親しい側近であり、名門ドラ伯爵家の一人娘である。

一年前までのポーラにとっては、まさに雲の上にいるにも等しい人々だったのだ。

しかし、ポーラが芙蓉宮に入ることになった時、イヴンはとても喜んで温かく迎え入れてくれた。

シャーミアンはポーラのことを歯牙《しが》にもかけない貴婦人が多い中で、親しい友人にするように優しく接してくれた。それ以来、二人とも何かと気を使い、親切にしてくれる。いくら恩義を感じても足らない人たちなのである。

その二人の縁談がまとまりそうでまとまらないと聞いた時から、ポーラは密かに心を痛めていた。

それは言い換えれば、煮え切らない態度を示したイヴンに対する非難の気持ちでもあった。

願ってもない良縁なのに、どうしてすぐに返事をしなかったのか、どうしてシャーミアンの気持ちを徒《いたずら》に傷つけるようなことをするのか……。

ポーラはシャーミアンに好感を持っている。

イヴンのこともすばらしい方だと思っている。

それだけに本当に不思議だったし、立派な殿方のなさることではないと、少しばかり不満にも思っていたのである。アランナもイヴンの態度には不審を感じていたようで、独り言のように呟《つぶや》いた。

「まさかとは思いますけど、独騎長さまはシャーミアンさまを気に入らないから、シャーミアンさまに何らかの不満や瑕《きず》を感じているから受け取らないというのではありませんよね？」

「そんなこと！」

思わず声を上げてしまったポーラだった。

「シャーミアンさまはドラ将軍のご令嬢で、何度も陛下と戦場を共にされた女騎士でいらっしゃいます。わたしが申し上げるのも失礼ですが、本当にお心の優しいお美しい方でいらっしゃいます」

「わたしだってそう思いますとも」

「ラティーナさまがナシアスさまにふさわしい方であるように、それと同じくらいシャーミアンさまはイヴンさまの奥方にふさわしい方のはずです」

「ええ。何より陛下のお取りなしまであったのに、独騎長さまは何を渋っていらっしゃるんでしょう。お年頃もご身分も釣りあうお話ですのにね」

二人ともイヴンのもう一つの顔を知らない。

国王の親衛隊長として王宮に出入りしているその人が、実は夜盗・山賊まがいの一団を率いる長でもあるとは夢にも思っていない。

ポーラは真剣な顔つきで、さらに言う。

「ですから、試してみる価値はあると思うんです。出過ぎた真似かもしれませんが、何だかじっとしていられなくて……」

「お気持ちはよくわかります。シャーミアンさまがあんまりお気の毒ですもの」

「では、アランナさま」

「ええ、ポーラさま」

奇妙な団結意識を発揮して、二人はしっかと手を握り合った。

こうして、ポーラの外出の主要目的は、

「イヴンに飲ませるための惚れ薬を買いに行く」

という、国王や王妃が聞いたら悲鳴を上げそうな代物に決定したのである。

知らぬは本人ばかりなりとはよく言ったもので、イヴン自身はシャーミアンとの縁談をやんわりと、しかしながら毅然《きぜん》と断ったつもりだった。ところが、話を終わりにしたと思っているのはイヴンだけだし、断られたかもしれないと思って落ち込んでいるのはシャーミアン一人だけである。

何と言ってもシャーミアンの父であるドラ将軍がすっかり乗り気になっており、イヴンの父親代わりを任じているジルともがっちり手を組んでいるのだ。

この二人は最近すっかり親しい茶飲み仲間である。

今日もドラ将軍は、イヴンより一足先に若い妻をもらうことになったジルのために祝いの品を調え、直々にタウの官舎を訪れていた。

「祝儀とは言え、貴君にこのようなものを贈るのはいささか面映《おもは》ゆいのだが……」

苦笑しながら将軍が差し出したのは式典用の馬装一式である。

黒塗りに銀で象眼《ぞうがん》を施した鞍《くら》と鐙《あぶみ》、金襴緞子《きんらんどんす》で仕立てた飾り帯、銀糸を編み込んだ緋色の胸懸《むながい》など、豪華できらびやかな最高級の品々だ。

ドラ将軍の領地は馬の名産地として知られており、さすがに職人の技も一味違っているが、ジルの住むタウも馬の扱いにかけては引けを取らない。

たとえて言うなら機織《はたお》りの名手に織物を、名匠と言われる刀鍛冶《かじ》に刀剣を贈るに等しいとドラ将軍は謙遜《けんそん》してみせたのだが、ジルは笑って首を振った。

「我々の技術はあくまで実用品において発揮されているものですから、これほど絢爛《けんらん》なものはなかなか、つくろうとしたところでできるものではありません。ありがたく頂戴《ちょうだい》いたしましょう」

「かたじけない」

ドラ将軍は軽く頭を下げた。

実際、現在の王宮において、タウの領主としてのジルの地位は決して低いものではない。いずれこうした美々しい礼装も必要になるはずだった。

がっしりした若者が将軍とジルに茶を運んできて、一礼して下がっていく。

「あの若者はおらぬのかな？」

イヴンの姿が見えないことを訝《いぶか》しんだドラ将軍に、ジルはまた苦笑した。

「将軍が直々にお出ましになるというのに、あれがじっとしているわけがありません。とっくに逃げ出しましたよ」

「なんと。嫌われたものだ」

「それは冗談としても一昨日から戻りません」

「ほう？」

将軍がちょっと眼を見張る。

ジルは今度はにやりと笑った。

「うちの若い者が言うにはシッサスで見かけたとか。将軍には申し上げにくいことですが、馴染みの女のところにでも居続けているのではないかと……」

将軍は豪快に笑って膝《ひざ》を叩いた。

「遊び納めというわけか。それもよかろう」

娘婿《むすめむこ》にと考えている男の多少の不行状《ふぎょうじょう》を聞かされたところで動じるような将軍ではない。

イヴンは以前は大陸の各国を放浪し、海賊の仲間入りをし、賞金首になったこともあるとまで自分で言っている男だ。そうしたことをすべて承知の上で、将軍はイヴンを娘婿にと見込んだのである。

今さら見変えるつもりはなかった。

「ところで、ジルどのはこの度、若い奥方をもらう運びとなったわけだが、タウの跡目はどうされる？奥方が男子を産んでくれた暁には、その子を次代の領主に据えるおつもりか」

「これは、難しいことをお尋ねになりますな」

将軍が本当は何を言いたいのかを察していながら、ジルは笑って答えをはぐらかした。

「確かにタウの領主ということになっておりますが、実際は面倒ごとを嫌った年寄り連中にむりやり押しつけられたようなものです。わたしは王様と多少の馴染みがあるから、王宮との橋渡し役に適しているだろうという理由でね。その程度のものなのです。よその土地の方には『領主』の名目を得たわたしがタウの所有者に見えるのかもしれませんが、タウにおけるわたしの立場を申すなら、あくまでベノアを代表する頭目であり、二十人いる頭目のまとめ役にすぎません。そのわたしが誰かを次のタウの領主に据えたいと希望したところで、仲間の反対に遭えばそれまでです。わたしの一存では何もできません。昔も今もタウは誰のものでもなかった。これからも決して誰か一人のものにはなりません」

「これは、一本参った」

　将軍は素直に頭を下げた。ロアの領主である父の跡を継ぎ、領地を守ることが使命と教育されてきたドラ将軍には受け入れがたい思想だが、それでも、ジルの言葉には清々しいくらいの信念が感じ取れた。

「しかし、そんなジルどのの薫陶《くんとう》を受けたがゆえに、あの若者もあのような一徹者《いってつもの》になったかと思うとな、少々恨みがましく思わぬでもないのだ」

「わたしのせいにされては困ります。あれの気性はタウに顔を見せた時から少しも変わっておりません。将軍が責めるべきはあれの父親のゲオルグでしょう。言い出したら引かないところなどよく似ています」

「その仁《じん》のことは陛下からも伺《うかが》った。スケニアから来たという森の巨人のことだな」

「ええ」

　二人はタウの南峰で摘み取ったお茶をゆっくりと楽しんでいた。

　将軍がふと苦笑して言う。

「我が娘の人生が懸かっていなければ、あの若者の態度は潔《いさぎよ》しと誉めてやってもよいくらいなのだが……うまくいかんものだ」

　ジルも笑いを噛《か》み殺している。

「いい意味で意固地な奴だと思ってやってください。少なくとも、お嬢さんの身分や財産を利用して成り上がってやろうなんて気はあの男にはないんです」

「うむ。希有《けう》なことだと思っている」

　自分の腕や容姿に自信のある若い男なら、普通はそれを武器に成り上がることを狙うものだからだ。

　お茶を飲みながら、ドラ将軍はもう三十年以上も前に見た一人の若者を思い出していた。

　その頃のドラ将軍は十五か六だったろう。

　無論将軍などではなく、爵位を継いでもおらず、ただひたすら剣術と馬術の修業に明け暮れ、身体を鍛え、技を磨くことに専念していた。自らに確実に力がついて成長していく、その過程がおもしろくてたまらなかった頃で、まだまだ血気盛んなエミール少年だった。

　ロアで開かれた馬術大会に飛び入りで参加して、見事な技で名だたる強豪を一人残らず退け、優勝をさらっていったその若者はエミール少年より一つか二つ年上だっただろう。

　細身ながら鋼《はがね》のように引き締まった体軀だった。獣《けもの》のように敏捷な身のこなしが印象的だった。

　馬自慢のロアの男たちが感嘆するほど巧みに馬を駆り、槍《やり》を操ってみせた若者の手腕に、会場からは驚愕《きょうがく》の大歓声が上がった。まだ健在だった将軍の父、当時のドラ伯爵も感嘆の声を発したものだ。

「見ない顔だが、何者か？」

　父の傍に控えていたエミールもまさに同じことを思っていた。その問いに答えたのは誰だったか……。

「おお……あれは確かポリシアの、ベリンジャーのジョルダンです」

　その名前にエミール少年はさらなる興味を覚えた。デルフィニアの大穀物庫《こくもつこ》であるポリシア平原の、あれが次の領主かと納得もしたし、自分もいずれはロアという大きな領地を継ぐ身であるだけに、この機会に言葉を交わしてみたいと思った。

　ドラ伯爵も、凜《りん》とした色白の美少年でありながら、大の男も顔負けの技倆を見せて馬術大会に優勝したジョルダンに興味を覚えたらしい。

　心からの褒賞《ほうしょう》の言葉を掛けるとともに、ロアの屋敷に立ち寄るようにと誘ったのだが、伯爵の前に立った若者の態度はひどく不遜《ふそん》だった。

「ほんの腕試しに出ただけのこと」

　物騒なまでに鋭く眼を光らせて、褒賞されるのが煩《わずら》わしいとばかりの態度で伯爵の誘いもつっけんどんに断り、挙げ句の果てには、

「馬にかけては中央一だというロアの衆もたいしたことはないな」

　吐き捨てて背を向けたのだ。

　こうなっては好感情など持てようはずもない。

　エミール少年は自分の顔が怒りのあまり真っ赤に

染まるのを感じていた。

　ドラ伯爵家は代々王国の重鎮である。

　父伯爵も立派な領主として民衆に慕われ、優れた武人として国王から深く頼みにされる人である。

　もちろんエミールにとっても、他の誰より誇りとしている父だった。その人が公衆の面前で、自分といくつも違わない少年に侮辱《ぶじょく》されたのである。

　すんでのところで剣を引き抜こうとしたエミール少年を止めたのは他ならぬ父伯爵だった。

「かまうな、捨て置け」

「父上！　このような侮辱を聞き流したとあってはドラ伯爵家の名折れになります！」

　悔《くや》しげにジョルダンの背中を見送り、満面を紅潮させて言った息子に、伯爵は不思議な笑みを見せて言ったものだ。

「なるほど、無礼には違いない。だが、エミールよ。おまえにもいずれわかろう。ベリンジャーの家にはいろいろと難しい事情が存在するがゆえにな……」

　ポリシアの複雑な事情についてはエミール少年もある程度は耳にしていた。

　ジョルダンは紛《まぎ》れもなくベリンジャーの長男だが、現在の領主は彼の『叔父』に当たる人物だという。

　彼の母は死別した夫の弟と再婚し、ジョルダンの後に三人の子を儲《もう》けたのだという。

　それでも、ジョルダンが次代の領主であることは間違いない。

「あのような礼儀知らずがポリシアを受け継ぐとは勘弁なりません」

　ジョルダンの姿がとっくに見えなくなってもまだ怒っている息子に、伯爵はさらに息子を激昂《げっこう》させるようなことをさらりと言った。

「わしから見れば、ジョルダンもおまえもたいして変わらぬ。似たようなものだぞ」

　さすがに心外に感じて言い返そうとしたが、父は何とも言えない吐息を洩《も》らしていた。

「あの若者はな、恐らく、己で己の力を持て余しているのだろうよ。自らの若さに振り回されていると言ってもよい。なまじ子ども離れした見事な技倆を持つがゆえになおさらじゃ」

ジョルダンが故郷を捨てて逐電《ちくでん》したと聞いたのはそれからすぐ後のことだった。

あの気性では無理もないとエミール少年は思い、ポリシアの民もあんな領主は願い下げだろうから、これでよかったのかもしれないと苦々しく考えたが、父伯爵は息子とは別の意味で、無理からぬことだと納得し、ジョルダンに同情していたらしい。難しい顔をして何度も頷いていたのを覚えている。

「ドラ将軍?」

「いや……失礼」

問いかけられて、将軍は意識を現実に戻した。

時は流れた。あれからすでに三十余年だ。

エミール少年は青年となって妻をめとり、数々の武功をたてて将軍の称号を得、亡くなった父の跡を継いで伯爵となり、ロアの領主となった。

少年が変わったのと同じように、若々しい身体に駆けめぐる生気を持て余し、複雑な家庭環境に身の置き場を見出せず、どこか荒《すさ》んでいるように見えた若者はタウに自分の居場所を見つけ、仲間の信頼を得てベノアの頭目となり、今では穏やかで涼しげな眼をしたタウの領主としてドラ将軍の前にいる。

「めぐりあわせの妙を感じており申した」

言葉づかいのあらたまった将軍に何を感じたのか、ジルは髭《ひげ》の口元をわずかにほころばせた。

「めぐりあわせですか?」

「さよう。奇遇とも言えるが、この世の理《ことわり》がそのようになっているのかもしれんが、思わぬところで思わぬ人と出会わせてくれるものだと、我ながら年寄りくさいことを考えたのでな」

「そうした奇遇にお心当たりでもおありですか?」

ベノアの頭目は黒い瞳に悪戯っぽい光を浮かべて将軍を見つめている。

既に頭髪の薄くなったドラ将軍より五つも六つも

若く見える、すっきりと整った男ぶりだ。

三十年も前のこととは言え、今のこの顔からあの馬術大会で出会った荒々しい若者を想像することはとてもできなかった。

ジルがタウに現れた時期と、ジョルダンが故郷を飛び出した時期には多少の隔《へだ》たりがある。

その間、彼がどうしていたかはわからない。

息子が一人生まれたらしいが、国王の話によれば彼自身、息子の誕生を知らないでいたらしい。

将軍も微笑した。それはかつてのドラ伯爵が面《おもて》に浮かべたような、ほろ苦い、楽しげな笑いだった。

「たとえば娘は幼い頃、何度もフェルナンの領地のスーシャを訪問している。無論わしが伴っていったわけだが、あの若者は少年時代の陛下の親友であり、しょっちゅうフェルナンの屋敷を訪れていたという。にもかかわらず、わしらはスーシャでは一度もあの若者と顔を合わせることはなかった。当時の陛下にあのような友人がいたことすらずっと後になるまで知らなかったくらいだ。ところが、その二人が今、夫婦になろうというのだから、人の縁とはまこと、おもしろいものだと思ってな」

ドラ将軍はしみじみと感慨に耽《ふけ》っている。

そんな将軍をたしなめる意味で、ベノアの頭目はちょっと苦笑してみせた。

「ドラ将軍。それは気が早すぎます。まだ決まったわけではありませんでしょうに」

「なんの。何が何でもまとめてみせるぞ。それともジルどのはこの話が壊れてもよいと言われるか」

笑顔で凄《すご》まれて、ジルも笑いながら首を振った。

この気合いの入れようには降参するしかない。

「今の将軍のお話ですが……そういうことでしたら、わたしにも心当たりがあります」

「ジルどのにも？」

「ええ。いやというほどね」

ジルは自分で茶を淹《い》れ直し、将軍にももう一杯を注《つ》いで寄越した。

熱い茶をすすりながら、ベノアの頭目は思い出し笑いを浮かべている。

眼の色も髪の色も肌の色も違っているが、それは間違いなくイヴンによく似た笑顔だった。

「ある日ふらりと山に現れた若い男が……妙《の》に馬が合い、頭も切れる、腕も立つというので何かと眼をかけ、思いきって副官に抜擢《ばってき》した風来坊が、まさか旧友たちの忘れ形見とは思いも及びませんでしたよ。いやはや、これこそ奇遇というものでしょうな」

互いに髭を蓄《たくわ》えた将軍と頭目は、しばらくじっと顔を見合わせていたが、やがてどちらからともなく噴き出し、声を立てて笑った。

実にどっちもどっちの二人である。


ポーラとアランナが街見物に出かけたその日は、秋晴れの青天がまぶしいくらいの朝だった。

ポーラは自分で言ったように、いっさいのお供を断り、心配してついてこようとするテス夫人の申し出も断って、自分の足で芙蓉宮を出た。

ただし、すぐには大手門には向かわなかった。

正門をくぐった後は二の郭《かく》のセレーザ邸に向かい、アランナと一緒に召使いの衣服に着替えたのである。

前もってアランナと打ち合わせていたことだ。

「うちのマリアは確か、何枚か着替えを持っているはずですから、貸してくれるように頼んでみます」

召使いに変装するという大胆な意見に、ポーラはさすがに驚いて、思わず問い返していた。

「アランナさま、これまでにも何度もそんなことをなさっているんですか?」

「いいえ。とんでもない。今度が初めてです。でも、おもしろそうだと思いません?」

アランナはポーラ以上にこの冒険にわくわくしているようだった。

何しろ封建の世であるから、服装や髪型を見れば、どんな階級に属する人なのか一目でわかる。女性は特にそうだ。既婚、未婚も外見で判断できてしまう。

「目的が目的ですから、わたしたちが魔法街を訪ねることは秘密にしておいたほうがいいと思うんです。召使いに変装すれば絶対、誰にもわかりませんわ」

というのだが、ポーラはちょっと考えた。

いや、本当のところはかなりじっくり考えた。

ポーラも貴族階級の娘として生まれ育っている。

山奥の小さな領地しか持っていなくても、王宮に伺候《しこう》する大貴族たちとは比べものにならないくらい質素な生活でも、貴族は貴族だ。

しかも今のポーラは国王の愛妾という身でもある。

召使いに身なりを変えて街を歩くなんてとんでもないと、テス夫人なら血相を変えて言うだろう。

亡くなったポーラの母親も口癖《くちぐせ》のように、自分が淑女《しゅくじょ》であることを忘れないようにと言っていた。

真に立派な婦人は華美に装う必要はないが、いつどんな時も礼儀正しく、きちんと振る舞わなければならないと、折に触れて教えてくれたものだ。

王宮に来る前のポーラだったら即座にアランナを止めていただろう。そんなことはよしましょうと、慌てて言っていたはずだ。

しかし、今のポーラはごくりと唾《つば》を飲み、茶色の眼をきらきら輝かせて、そっと囁いていた。

「確かに、おもしろそうですね」

「そうですよ。別に悪いことをするわけではないし、なんと言っても妃殿下のように腕をむき出しにして歩こうというのではありませんもの」

言い訳がましい言葉だが、ポーラも同感だった。

あの人の無茶に比べればこんなことは何でもないように思えるから不思議である。

今まで着ていた服も、スカートに張りを持たせるためにつけていた下着も脱ぎ捨て、もっと実用的な、召使いの女たちが愛用する下着をまず身につけた。

顔を洗い、化粧を地味なものに変えて、髪をひっ詰めに結い直した後、二人は洗いざらした浅葱色《あさぎいろ》の木綿の衣服に袖を通し、真っ白なカラーとカフスをつけ、白いキャップを被って顎《あご》の下で紐《ひも》を結んだ。

姿見の前に立ったポーラは、いかにも田舎育ちの、健康的な若い召使いを鏡の中に見出して驚いた。

確かに自分の顔なのに、日頃身につけない衣服をつけただけで全然違う人間になってしまったようで、何だかどきどきする。

ポーラの横では、同じようにまじまじと鏡の中を覗き込んだアランナがため息を吐いていた。

「似合う自分が悲しくなりますねえ……」

「まあ、アランナさま。どういう意味です？」

「だってポーラさま。これがあの妃殿下やベルミンスター公爵さまだったら、どんなに姿を変えたって召使いになんか見えるわけありませんでしょう？ でも、わたしったらまるで、生まれながらの料理女みたいに見えるんですもの」

ポーラも自分の姿を眺めて笑った。

「王妃さまは案外なんでも着こなしてしまうような気がしますけど……、アランナさまがそんなことをおっしゃるなら、わたしなんかどこからどう見ても子守女か姉《ねえ》やですわ」

「わたしたちの変装は大成功ということですね」

「ええ。でも、アランナさまの言われるとおりです。それはそれで何やらもの悲しい気がします」

姿を変えた二人は顔を見合わせて笑った。

ラモナ騎士団長の妹も国王の愛妾も消え失せて、ここには顔も身体つきも丸っこい朗らかな声をした料理女と、きびきびと身体をさばく動作が気持ちのいい林檎《りんご》のような頬《ほお》をした若い子守女がいるだけだ。

セレーザ家を出た二人は、さすがに少し緊張して廓《くるわ》門に向かったが、門番はまったく彼女たちには気づかなかった。

いつもなら、ポーラやアランナを見ればきちんと姿勢を正して恭《うやうや》しく頭を下げるはずの門番たちが、ちらりと二人を見やって横柄《おうへい》にそっくり返っている。

彼女たちの身なりは貴族の家に奉公している召使いそのものだったし、こうした女たちをいちいち検分していたのではきりがないのだ。

二人はそっと笑いを噛み殺しながら何食わぬ顔で廓門を通り過ぎ、門番から充分に離れたところで、たまりかねて笑い出していた。

大手門までの道のりをはしゃぎながら下っていく様子は久しぶりの自由時間を与えられ、うきうきと外出する召使いの二人連れそのものだ。

三の郭のあちこちで炊煙《すいえん》が立ちのぼっている。

騎士団の官舎では早朝の訓練を行っているらしく、気合いの入った掛け声が聞こえてくる。

こんな時間に下りてきたことはなかっただけに、もの珍しげに周囲を見渡しながら歩いていた二人は、自分たちの少し前を行く人の姿に同時に気がついた。

アランナが駆け寄って声をかける。

「おはようございます、お義姉さま」

親しげな呼びかけに何気なく振り返ったエンドーヴァー夫人は、思いがけない人の姿を見て驚いた。

アランナの後ろから姿を変えたポーラが急ぎ足でやって来るのを見た時はとっさに声が出ない様子で、眼を見開いて、二人の姿をただ交互に見つめている。

「まあ、お二人とも……」

「いかがですかしら？　なかなか似合っておりますでしょう？」

「あんまり似合いすぎて何だか悲しくなりますって、さっきもアランナさまと話していたところなんです。

ラティーナさまもお出かけですか？」

「ええ、陛下が結婚の祝いに、新しい屋敷を賜ってくださるそうなので、庭木を選びに行こうと思って。

それにしても、お二人とも、そんなお見事な変装をなさっていったいどちらへ行かれます？」

ラティーナはもちろん貴族の婦人の服装のままだ。

手提げ鞄《かばん》を持っただけで、侍女も連れていない、質素な婦人の姿である。ポーラの母がよく口にしていたように華美でこそないが、凛とした芯《しん》の強さを感じさせるたたずまいだ。

ポーラとアランナはしばらくラティーナと並んで歩きながら、変装の理由と外出の目的を説明した。

二人の話を聞いたラティーナはますます困惑した顔つきで言ったものだ。

「惚れ薬ですか。そんなものを用意なさらなくても、あのお二人でしたらきっと大丈夫です。必ずうまくいくと思いますが……」

しかし、ラティーナの義妹になる人は難しい顔で首を振ったのである。

「お言葉を返すようですけど、それをお義姉さまに言われても説得力がありません。なさすぎます」

それを言われると弱い。

なかなか進まない自分たちの恋愛で、アランナに焦《じ》れったい思いをさせたことは自覚していたので、ラティーナは苦笑しながら謝罪して、言った。

「お二人が魔法街にお出かけなら、わたしもご一緒してよろしいでしょうか？　一度は行ってみたいと思っていたところなんです」

召使い姿の二人は驚いて顔を見合わせた。

「だって、庭木をお求めになるのでしょう？」

「その街では庭木まで取り扱っているんですか？」

「ええ。中央ではなかなか手に入りにくい、南方の珍しい植物を売っているそうです。話半分としても、どんなものか見てみたいと思いまして……」

「ですけど、お義姉さま。南方の木はコーラルでは育ちませんでしょう？　雪が降りますもの」

アランナは南国に暮らした経験がある。

義妹になる人の言葉にラティーナは若草色の眼をきらりと輝かせた。

「そう聞くとますます育ててみたくなります。では、庭に植えるのはあきらめて鉢植えにして、冬の間はできるだけ陽に当てるようにして、夜は暖炉《だんろ》の傍に置くというのではだめでしょうか？」

アランナがほとほと呆れた様子で訴える。

「お義姉さまったら。草木に対するその熱心さの半分くらいでもお兄さまに対して発揮してくだされば、わたしもあんなにやきもきせずにすみましたのに」

「ま……、意地悪なアランナさま。そのことはもうおっしゃらないでくださいまし」

　れっきとした貴婦人が笑いながら侍女に言うのは何とも奇妙な光景だったが、ポーラが明るく笑った。

「いいじゃありませんか。アランナさま、せっかくですからご一緒しましょう。でも、ラティーナさま、わたしたちの結婚祝いも楽しみにしてくださいね。シャーミアンさまにも手伝っていただいて、とっておきの品を仕上げたところなんです」

「まあ、嬉しい。何をいただけるのでしょう？」

「だめです。ご結婚なさるまでは秘密です」

「そうですとも。どんな贈り物なのか先にわかってしまってはおもしろくないじゃありませんか」

　こんなふうに楽しげに笑いさざめきながら三人は魔法街を目指した。

　ラティーナはともかく、変装した二人は誰にも気づかれていないと思っていたが、彼女たちの背中を背後から見つめる眼があったのである。


　話はこの二日前に遡《さかのぼ》る。

　深夜の執務室で、王妃は書類を睨《にら》んでいる国王に話しかけていた。

「ポーラに街見物に行くように勧めたんだって？」

　ぬらりひょんの熊と呼ばれていても、実は誰より仕事熱心な国王だ。こんな時間まで政務に取り組むのも、そんな夫の元を王妃がふらりと訪れ、書記を追い払って二人きりで話に興じるのも、この城では少しも珍しいことではない。

「うむ。このところ忙しい毎日が続いていたからな。たまには羽を伸ばすのもいいだろう」

「それならおまえも休みを取って、ポーラと一緒に骨休めをしてくればいいだろうに」

　そのほうがポーラだって喜ぶだろうに、と王妃は言ったのだが、国王は自分の周囲に山のごとく積み上げられている書類を見やって、ひどく恨めしげな眼を王妃に向けた。

「この状況で骨休めができると思うか？」

国交回復記念式典の準備に追われる間、必要最低限の業務は別として、延ばせるものは後回しにしたそのつけが、今、怒濤《どとう》のごとく国王に襲いかかっているらしい。

王妃は苦笑しながら肩をすくめた。

「つくづく王様なんてものは……」

「因果な商売だ。従弟《いとこ》どののユーリーが早く大きくならんかな。俺は喜んで王冠を譲ってやるのに」

盛大に嘆く国王に王妃はますます苦笑する。

「産まれたばかりの赤ん坊に何を言ってるんだか、この王様は。それ、間違っても人前では言うなよ？団長の耳に入ったらえらいことになるぞ」

物議を醸《かも》すことは必至である。

虎と呼ばれるサヴォア公爵が、顔だけはにっこり笑いながら牙《きば》を剝《む》いて迫ってくる様子がまざまざと想像できてしまうのに、この国王はこれまた本気で言うのだ。

「あちらのほうが圧倒的に由緒正しい血筋だからな。しかし、こんな面倒な仕事を押しつけるのは何やら気の毒なようでもあるし……結局は貧乏くじの押しつけ合いになってしまうだけかな？」

処置なしである。

王妃は机に広げられている書類を何枚か手に取り、ざっと眼を通してみた。

それほど深刻な内容のものはなさそうだったが、いちいち細かい。

こじれた裁判の判決を委ねるもの、山火事や洪水の被害対策を求めるもの、教会や役人の横暴に困り果てた村人の陳情など、数え上げたらきりがない。

もちろん、地元コーラルからの訴えも多様だ。

国王は行政、司法の最高長官だから、地方官吏が自分の手に余る案件の裁定を求めてくるのである。

「何か手伝おうか？」

「俺の勝利の女神にお出ましになってもらうほどの難題は今のところないが……いや」

国王はふと考えた。

「そうだな。もしかしたら、そのうちおまえの手を借りることになるかもしれん」

何やら厳しく、険しい表情だった。

机の上に広がっている雑事とはまた違って難しい一件らしいが、詳しい内容を尋ねた王妃に、国王は首を振った。

「今はまだはっきりとは言えん。力業《ちからわざ》を行使する段階ではないと思えるだけになおさらだ」

「どういう意味だ？」

「我が国の最終兵器を投入するにはまだ時期尚早というとことさ。——そうだ、暇を持て余しているならちょうどいい。それこそおまえに頼もう。ポーラの外出について行ってやってくれんか」

王妃はちょっと首を傾げた。

「なんでまた。せっかく遊びに行こうっていうのに、おれがいたんじゃ気が休まらないだろう」

もちろん、王妃はポーラをかわいがっているし、それ以上にポーラは王妃をとても慕っている。

同時に、ポーラにとって王妃は遥《はる》かに身分の高い人なのだ。いくら慕っていても——慕っているからこそ、その前ですっかりくつろいで笑いはしゃぐというわけにはなかなかいかないのである。

そのくらい国王にもわかっているはずだった。

「だから、できれば顔を出さずに、目立たぬように、そっと見守ってほしいのだが、無理な注文かな？」

「いい根性してるな、おまえ。愛妾の護衛を王妃に頼もうってのか？」

王妃はさすがに呆れて言ったが、根性にかけては国王も筋金入りの人である。ぬけぬけと言い返した。

「俺のハーミアにでなければこんなことは頼めんさ。わからないように跡をつけていくことも、物陰から見守ることも、おまえならたやすいだろう」

ある意味、これ以上に強力な護衛もないだろうが、王妃は露骨に顔をしかめた。

「女の人の跡を黙ってつけていくなんて、それじゃ痴漢《ちかん》みたいじゃないか。何もおれに頼まなくたって、王宮からちゃんとした護衛を出してやればいい」

「俺もそう言ったのだが、笑って断られてしまった。そんな大げさなことはできないと言うのだ」

「当たり前だろう。おまえが常日頃から自分でそうしてるんだから、妻が夫に倣《なら》うのは当たり前だ」

自分はちっとも倣おうとしないくせに――という国王の嘆きは無視して、王妃は堂々と断言した。

「国王が従者を伴わないのに、自分がお供を連れて歩いたりするわけにはいかないと思ったんだろう。あんまり庶民的すぎる王様も考えものだぞ」

「俺はいいのだ。おまえもな。自分の身体くらいは自分で守れる。しかし、ポーラはそうはいかん」

国王は机に肘《ひじ》を突き、組んだ両手に半ば顔を隠し、眼だけを光らせていた。そうしていると大きな獣がじっと身を伏せているようだった。

「ポーラを王宮に迎えるのを最後まで躊躇《ためら》ったのも、一つにはそれが原因だ。どんな危険な目に遭わせてしまうかわからないと思ったからだ。宮廷に巣くう貴婦人たちの嫉妬《しっと》というものは度し難い。現に俺の実母を殺しているからな……」

ウェトカ村のポーラと前国王ドゥルーワとの恋は城内の誰にも祝福されなかった。

その恋の末に誕生した男の子も、美貌《びぼう》自慢・家柄自慢の貴婦人たちの憎悪の対象となっただけだった。

その怒りのすさまじさにポーラは怯《おび》えて、恐れて、逃げるように城を去ったのに、卑《いや》しい村娘の分際で国王の子を産むなんて許せないという宮廷の怨念《おんねん》はどこまでもポーラを追って殺したのだ。

「だけど、今はそうした心配はないはずだろう」

王妃には女性の悋気《りんき》はわからない。

その生々しさを実感することはできなかったが、国王の無念は理解できた。上品ぶった貴婦人たちの陰険なやり口に激しい怒りも感じていた。

しかし、その時と今とでは状況がまったく違う。

女官たちを統括する女官長、貴婦人たちの社会の実力者であるベルミンスター公爵といった人たちがポーラに好意的であり、力強い味方になっている。

「わかっている。ありがたいことだとも思っている。だが、彼女たちでは実際の刃《やいば》を防ぐことはできん」

「女の人の喧嘩《けんか》で本物の刃物が出てくることなんか滅多にないだろう。第一、誰がポーラを傷つけようとするっていうんだ？」

愛妾《ポーラ》を寵愛《ちょうあい》しているのが国王なら、その愛妾の一番の味方は他ならぬ王妃だ。ポーラに手を出せば、国王と王妃の二人を敵に回すことになる。

そんな無謀を考える命知らずは、少なくともこのコーラルには一人もいないはずだった。

国王は深い息を吐いて王妃を見上げたのである。

「リィ。俺が心配しているのはな、ポーラのこともあるが、おまえのことでもあるのだ」

「おれ？」

「そうだ。夜までには戻ると言っていたから滅多なことはないとは思うのだが、先日の式典でポーラの顔は市民の多くが知るところとなっているからな。

……なんと言ってもレナの一件がある」

王妃はちょっと首をすくめた。

一年に近い時間が過ぎようとしているが、国王はポーラの侍女が変死した事件を未だに忘れていない。

忘れろと言うほうが無理かもしれないが、王妃はほとんど忘れかけていた。

レナを殺したあの男のことを個人的に気に入っているくらいなのだが、その殺人犯があの記念式典に堂々と姿を見せていたとは、それもただ食い目的で来ていたとは――さすがに国王には言えなかった。

「あの男は今もおまえの命を狙っているのだろう。それはおまえとあの男の問題なのだとわかっている。口出しをするつもりはない。だが、あの男が今度はポーラを人質に取っておまえに脅しをかけないとは言い切れないだろう？」

王妃はまた無言で肩をすくめた。

あの男は実際、シャーミアンでその手口を使っているのだが、それも国王には言えないことだった。

「そんな真似はしないって約束はさせたけどな」

「おまえはその約束を信じられるのかもしれんが、俺には無理だぞ。到底信じることはできん」

「まあ……当然だな」

「ポーラは俺の妻だ。俺が守ってみせる——と言いたいところだが、今はこの有様だからな。代わりに俺の戦女神《いくさ》についていてほしいのだ」

「心配性の王様だ」

笑い飛ばした王妃だが、国王の不安も理解できる。

合戦でなら国王は何も恐れるものはない。どんな敵だろうと撃破できる。だが、あの男やその仲間のすることは騎士の手腕では対処できないのだ。

王妃は大胆にも執務机に腰を下ろし、笑いながら身を乗り出して国王の顔を覗き込んだ。

「要するに、おれがポーラの傍にいれば、おまえは安心なんだな？」

「そのとおりだ。俺の妻がいつ悪漢に襲われるか、誘拐《ゆうかい》されて利用されるかと思うと気が気ではない。それこそ政務に身が入らんが、おまえが近くにいてくれるのなら、これほど心強いことはない」

「無茶な理屈だけど、夫の頼みじゃ仕方がないな。痴漢の真似ごとをしてやるよ」

「すまんな」

「謝るなよ。おまえの言うとおりだ。おれの喧嘩に他人を巻き込むわけにはいかないからな」

あの男とはいつか決着を付けなければならないと王妃は実感していた。

それも自分がまだこの世界にいるうちにだ。

「なあ、ウォル」

「なんだ？」

「おまえの奥さんなら、おれの奥さんみたいなもんだって言ったら、怒るか？」

燭台《しょくだい》に照らされる王妃の顔は静かに整い、その眼は深く澄んでいた。

十八歳の王妃は時々こんな顔をする。

自分の力で大切な存在を守りたいと思っている、

一人の男のような顔だ。

「いいや」

国王は首を振って、王妃を見上げて微笑した。

「非常にありがたい。おまえがポーラを大事にしてくれるのは俺にとっても嬉しいことだ。また困ったことにポーラもおまえが大好きだからな」

「それが何で困るんだ？」

「おおいに困るとも。何しろ俺と二人でいても話の半分くらいはおまえのことなのだぞ。これでは夫の立場がないではないか」

「情けない王様だな。せいぜい捨てられないように気をつけろよ」

堂々とのろける夫をからかって、王妃は執務室を後にした。

そんなわけで忠実な侍女と相談して準備を整えた王妃は、今朝になって芙蓉宮を出たポーラの後を、そっとついていったというわけである。

ポーラがアランナの家へ入るところも、召使いの衣服に着替えてアランナと二人で出てきたところも、すっかり見届けていた。

二人がどんなに姿を変えてもポーラとアランナを見分けられないような王妃ではない。

しかし、こんなことをする理由がわからずに首を捻《ひね》っていた。

「街へ行くのに何でわざわざ変装するのかな？」

「深い意味はないと思います。別人になる楽しさを味わっているのでしょう。現にお二人とも、とても楽しそうですよ」

そう言うシェラもいつもの女官服ではない。

淡桃色のフラノのドレスの胸元に白い造花を飾り、きちんと結った銀色の髪を、ボンネット型の帽子ですっぽりと隠している。薄いココア色の帽子は縁を赤い絹紐でかがってあり、ドレスとおそろいの薄いピンクのリボンがついていた。

そのリボンを顎の下で品よく結んで垂らしている。服も帽子も高価なものではない。どこにでもある品だったが、シェラの肌の白さと清楚《せいそ》な美しさに、実によく似合っていた。

この姿を人が見たら、下級貴族のつつましやかな未婚の娘だと言うだろう。というよりそれ以外には見えないのだ。

町中ではこうした身なりのほうが目立たないし、ポーラを見守る役にも立つと思って選んだのだが、少々誤算だった。

「あの人たちがあんな変装をするとわかっていたら、いつもの服装のほうがよかったかもしれませんね」

「だからって、今から着替えてたら見失うぞ」

王妃は白いシャツに袖無しの金茶の胴着、それにモスグリーンのズボンに縁飾りのついた革の長靴という出で立ちである。光り輝く金髪は小さくまとめ、特徴的な額飾りと一緒に帽子の中に隠していた。

腰にはいつもの短剣を下げている。

どう見ても下級貴族の少年である。

この二人が並んで歩いているところは、仲のいい男女の幼なじみのようだ。それもゆくゆくは結婚を考えているものの、まだ初々しい恋人たちといったところだが、会話には全然色気がない。

「それにしても、お二人ともずいぶんと思いきったことをなさいます。あれならちょっと見には誰にもわかりません」

「そうか？　後ろ姿だけでもわかるじゃないか」

「あなたの眼は特別仕立てですから」

「おまえだってわかるだろうに」

「それはそうですよ。あの人たちは素人《しろうと》ですから。歩き方や仕草まで変えているわけではありません。普通の人は相手の顔より、まず服装を見るんです」

「素人の眼をごまかすにはあれで充分か？」

「現に廓門の門番は気づかなかったようですよ」

途中からラティーナまで加わったのには驚いたが、三人は楽しそうに談笑しながら大手門へ下っていく。

その後を貴族の少年少女のような（ただし男女は逆だが）王妃とシェラが尾行していった。

魔法街は大変な賑わいだった。

時間に直せばまだ朝の八時を過ぎたばかりだが、通りには人があふれ、開けた場所には即席の市場が開かれ、人々が大声で品物を売買している。

朝が早いのはどんな街でも同じことだが、初めてやって来た三人が呆気にとられるほどの活気だった。

「ここが本当にコーラルなんでしょうか？」

「信じられません……」

「不思議なところですのねえ……」

彼女たちは口々にそんな感想を洩らした。

王宮からいくらも歩いていないのに、まるで違う国に来たような錯覚を覚える。

ぎっしりと密集して立ち並ぶ家は間口が小さく、背が高く、謎めいた印《しるし》の看板が掛かっている。

露天に集《つど》った即席市場では実に種々様々な品物が広げられ、干した魚や果物などの食品、身につける装飾品、家の中で使う小物や金物、剣や盾《たて》といった武器まで売られている。

その商人たちのほとんどが外国人で、並べられた商品も強烈な異国の匂いがする。

ある露店では乾燥させて束ねた小枝や葉を山ほど積み上げていたが、これはいったい何に使うものか、料理が得意のアランナやポーラにも、草木に詳しいラティーナにも判別できなかった。

売り手に尋ねてみると、主に薬の材料だという。

「あ、ほら、お義姉さま。苗木を売っていますわ」

雑然としているようでも、露店の並びには一定の法則があるらしい。

その一角では見渡す限り植物を売っていた。

南方からもたらされたと思われる苗木や種、逆に北からやって来たらしい球根などが並んでいる。

「まあ……見たことのないものばかりだわ」

ラティーナは嬉しそうに眼を見張って立ち止まり、苗木についている名札を眺めたり、球根や種を手に取ったりし始めた。産地や育て方について売り手に質問し、品物を選び、もちろん値段の交渉になる。

動こうとしなくなったラティーナに、アランナは苦笑して言った。

「お義姉さま。ちょっと一回りして参りますから、ここにいて下さいね。参りましょう、ポーラさま」

召使いの扮装《ふんそう》をした二人がさらに進むと、今度は一風変わった小物や工芸品の店が並ぶ一角が現れた。

獣の歯をつなぎ合わせてつくった大胆な首飾りに、角のある魔物を描いたタペストリー、大きな羽根で飾られた帽子、奇妙に歪《ゆが》んだかたちの蠟《ろう》人形、獣の骨を削ってこしらえた笛や細工物、こうした様々な道具には記号のような文字が刻まれている。

他にも蛇やイモリの干物など、ずいぶん不気味な品物も多かった。何しろ露店だから、いやでも眼に入ってしまうのだ。

同時に二人の注意を引きつけるものもあった。

造花で飾られた花灯籠《はなどうろう》、色鮮やかに塗られた蠟燭《ろうそく》、大小の水晶玉、色とりどりの模様を封じ込めた丸い硝子《ガラス》玉、羊皮紙に絵柄を描いた手札、銀製の小匙《こさじ》、象牙《ぞうげ》の置物や小箱など、眺めているだけでも楽しい。

貴族階級に育った二人にとって、これほど新鮮な光景は他になかった。彼女たちにとって買い物とは、生地なら生地、櫛《くし》なら櫛と、それぞれ行商の人間が屋敷までやって来て手持ちの品を並べ、その中から選ぶのが普通だったからだ。

それがここでは見渡す限りぎっしりと、すてきなものばかりが並んでいる。目移りして仕方がない。

「まあ！」

アランナが手に取ったのは小さな焼き物だった。犬や馬、猫、たてがみの立派な獅子などといった動物の形をしており、きれいに彩色してある。

どれも本物そっくりだ。

「可愛い。これ、あとでうちの子たちにおみやげに買ってあげよう」

ポーラは露店の売り台に何本も垂れ下がっている組み紐に見とれていた。絹糸を編み込んでつくった細い飾り紐である。色も太さも組み方さえ様々で、男性の礼服の襟《えり》や袖、前合わせに飾りをつけるのにちょうどよさそうな品だった。

アランナがその視線に気づいて呟いた。

「うちの人に新しい晴れ着をつくろうかしら？」

「わたしもそう思っていたところなんです。陛下と、それから王妃さまに……」

声を低めてポーラが囁くと、アランナも頷いた。

「きっと喜んでいただけますわ。でも、ポーラさま。ここで決めてしまうのはよしましょうよ。まだまだお店があるみたいですもの」

「ええ、これほどだとは思いませんでした。いくら見ても終わらない気がします」

二人はうきうきしながら次々と露店を覗き込んでいった。こんな買い物をするのは生まれて初めての二人だから、一軒の露店を見物するのに長い時間を掛けてしまい、時には引き返したりして、なかなか先へは進まない。さらに装飾品の一角が現れると、二人の足は完全に止まってしまった。

そこに並んでいたのは貝殻や鼈甲《べっこう》でつくった簪《かんざし》、風変わりな音色の鈴に、ビーズ編みの指輪に腕輪、小さな硝子の花がついた飾りピン、螺鈿《らでん》細工の櫛や化粧箱、サテンやレースのリボンなどだ。

特に南国産と思われる更紗《さらさ》に二人は眼を奪われた。道ばたに立てられた棒のてっぺんに薄い布の端が結びつけられて何枚も垂れ下がっている。

下のほうをつまんで広げてみると鮮やかな赤や青、緑などの紗《うすぎぬ》に、異国の植物や動物、幾何学文様を基本にした図柄がいっぱいに描かれていた。

一枚として同じ模様はない。さらに贅沢に、金糸銀糸の刺繍《ししゅう》が施されているものまであった。

二人はすっかり夢中になって、それら一枚一枚を手に取って広げにかかったのである。

「きれいですねえ」

「ですけど、何に使うものなんでしょうね？」

広げればずいぶん大きな四角い布だ。

リボンとして使うには太すぎるし、手巾にしては薄くてやわらかすぎる。男の人が首に結ぶ襟《カラー》として使えそうだが、これはどう見ても女物だ。

売り手の男は二人の疑問に笑って答えてくれた。

「南のほうじゃあね、若い娘はこれで頭を包んだり髪を束ねたりするのさ。結んで垂らした先に飾りをつけたり、一緒に組み紐を使って編み込んだりして、そりゃあ華やかなもんだよ」

「あら、本当？　わたしはフリーセアにいたことがあるけど、向こうの娘たちがこんなものを使うのを見たことはないわよ」

アランナが口を尖《とが》らせて訴えると、男はますます楽しそうに笑った。

「そりゃあ、あんた。よっぽどお堅いお貴族さんのお屋敷に奉公してたのさ。山のほうへ行ってみれば村娘たちの普通のおしゃれだよ。あんたたちも一枚どうだね？」

いくら熱心に勧めてもらっても、二児の母であるアランナや国王の愛妾であるポーラがこんな派手な布を頭に巻くわけにはいかない。丁重に辞退したが、相手も商人だけに簡単には引き下がらない。

「試しにその色気のない帽子を脱いで、これを頭に巻いてごらんよ。仕事中はできないって言うんなら、好きな男の前で飾ってみるといい。きっとあんたに惚れ直してくれるよ」

その言葉に、二人は本来の目的を思い出した。

アランナが意外な芝居気を発揮して、難しい顔で首を傾げてみせる。

「そうね。これもきれいだけど、今のわたしたちの目的にはちょっともの足らないわ」

ポーラも頷いて話を合わせた。

「わたしたち、どうしても振り向かせたい男の人がいるんです」

「あんたたちが二人がかりで一人の男をかい？」

眼を丸くする男をアランナは笑い飛ばした。

「わたしたちじゃないわ。その方は、わたしたちのお仕えしているお嬢さまの思い人なの。お嬢さまのお気持ちはその方だってわかっているはずなのに、お返事を焦らしたりなんて意地悪をなさるのよ」

「お嬢さまはすばらしい方ですのにね。旦那さまもその方を見込んで乗り気になっているお話ですのに、ご本人だけがうんとおっしゃってはくださらなくて、わたしたち、ほとほと困っているところなんです」

「この街にならお嬢さまのお役に立つようなものを売っていると聞いたので探しに来たのよ」

二人ともなかなか堂に入った召使いぶりである。

男は納得して、親切に助言してくれた。

「そういうことならベロニカの店に行ってごらん。きっとあんたたちの欲しいものが見つかるよ」

二人はその店の場所を教えてもらって、ひとまずラティーナと合流するべく引き返した。

ここまでの一部始終を、王妃とシェラはすっかり見届けていた。

並外れて眼のいい二人だから、どんな人混みでも彼女たちの姿を見失ったりはしない。気づかれないように跡をつけるのもさして難しいことではないが、王妃は既に疲労困憊《こんぱい》した様子だった。

げっそりと肩を落とし、建物の壁に背中を預けてもたれかかっている。

「参った。女の買い物につきあってたら命がいくつあっても足らないな……」

呆れたようにぼやく王妃の横ではシェラが笑いを噛み殺している。

無双の勇士である妃将軍にもとんだ弱点があったものだと思って、それがおかしかったのだ。

「そこまでおっしゃらなくてもよろしいでしょうに。合戦の現場に比べれば遥かにのどかで微笑ましい、ご婦人たちの戦場じゃありませんか」

「おれはそっちの戦場のほうがずっと戦いやすい」

「知っています。まあ……一にも二にも忍耐であることは確かですね」

買い物に夢中になっているポーラたちは気づいていなかったが、太陽はすでに中天にある。朝方から昼過ぎまで休みなく歩き回っていることになる。

気力の充実している本人たちは元気いっぱいでも、尾行していくほうはたまったものではない。

軍馬の戦なら丸一日戦い続けても平気な顔をしている王妃だが、それとはまったく別の次元で身体を酷使している。特に女性心理には縁のない人だけに、眼を輝かせて同じところを何度も行きつ戻りつする彼女たちの動きが理解できないのだ。

「いったい何が目的なんだ。欲しいものがあるならさっさと買って引き上げればいいのに」

「それはあまりかしこい買い物とは言えません」

振り回されて疲れているのはシェラも同じだが、こちらはなんと言っても女性として暮らした経歴《キャリア》が長い。さすがに買い物に半日つきあっただけで精根尽き果てるようなことはない。

「あの方たちが本領を発揮するのはこれからです。浪費が趣味だという大貴族の奥さま方ならともかく、たいていのご婦人はお金には非常に厳しいものです。いいものだと思って買い求めても、その後他の店でもっと安くていい品を見つけたら損をするでしょう。お二人ともそういう意味ではとてもしっかりしていらっしゃいますから、一番堅実な、確かな買い物をなさると思います」

シェラの言葉の意味を悟るにつれて、王妃は青くなった。戦場でも――それもどんな苦戦中でも――この人のこんな顔を見ることは滅多にない。

「まさか……これだけの出店を全部見て回ろうっていうんじゃないだろうな?」

「回ると思います。――あの様子ですと」

シェラはポーラやアランナのような、地方貴族の女性たちの暮らしもよく承知している。

家事と仕事をこなすだけで一日が終わってしまう、平穏で規則正しく、忙しくもあるが、刺激や変化に極めて乏しい単調な生活だ。

それだけに、二人が初めて見る町並みや買い物に興奮していることもわかっている。恐らく疲れなど感じてもいないはずだ。

「止めようとしても止まりませんよ。ああいう時のご婦人方は、こう申し上げては失礼ですが、男には想像もできないような馬力を発揮しますからね」

シェラはため息を吐いて首を振り、王妃は片手で顔を覆《おお》って嘆いた。

「勘弁してくれ……」

そんな二人を物陰から見ている眼があったのだ。

抜群に勘のいいシェラと王妃でさえ、その視線に気づいていなかった。尾行している自分たちが逆に尾行されているとは予想もしていないせいもあるが、最大の理由はその相手が気配を消すことに熟練した玄人《くろうと》だったからである。

もっとも、その玄人は声を噛み殺し、建物の壁にすがりつくようにして懸命に身体を支えていた。

明るい茶色の上着の肩が細かく震えているのは、次々に襲ってくる笑いの発作のせいだ。

どうにも止まらないらしい。

「あの王妃さんは、何をやってるのかねえ……」

笑い転げるのを我慢しているレティシアの隣では、ヴァンツァーがこれも珍しく微笑を浮かべていた。

彼の涼しげな藍色《あいいろ》の視線の先には少年に変装した王妃と、薄桃色の衣裳が可愛いシェラがいる。

この二人の眼も常人のそれではない。

距離はかなりあるが、王妃が今にも座り込んでしまいそうなほど疲れた様子なのも、シェラがそんな王妃を励まそうとして一生懸命話しかけているのも、残らず見て取っていた。

もちろん二人の視線の先に、召使いの変装をしたポーラとアランナがいることもわかっている。

「あの愛妾を陰ながら見守っているつもりらしいな。王妃が愛妾の護衛とはおかしなことをする」

王妃が変装して城を出たと見張りの者から報告が

あったので、つかず離れず跡をつけてきたのだが、愛妾の買い物に振り回される王妃の姿は、その人が戦闘に関しては超人的な技倆を発揮するとわかっているだけに、何とも微笑ましいものがあった。

ようやく起きあがったレティシアが、笑いすぎて滲《にじ》んだ涙を拭って言う。

「惜しいなあ。あのお妾《めかけ》さんを囮《おとり》にすれば一発で片が付きそうなんだけどな」

「やればいいだろうに」

長身の青年はこともなげに応じた。

ドラ伯爵家の令嬢を誘拐した後のことだ。今後、王妃の身内には手をかけないとレティシアが王妃と約束を交わしたらしいことは知っていたが、彼らは暗殺を生業《なりわい》とする一族だ。その約束を守らなければならない義務も理由もないのである。

しかも、今なら充分、あの愛妾を押さえられる。

この人混みが生きた煙幕となって彼らの姿を覆い隠してくれるはずだが、レティシアは首を振った。

「やめとくわ。効果があるのはわかってるけどな、一つ間違えばアイクの二の舞だ」

「珍しく弱気だな」

「そう見える？」

「見えるな。今さら命を惜しむ柄《がら》でもあるまいに」

からかうように続けたヴァンツァーに、レティシアは猫のような眼で笑ってみせた。

「それとこれとは話が別だぜ。俺はあの王妃さんが好きなんでね。嫌われたくないんだよ」

長身の青年は今度は露骨に呆れた顔になる。

殺す相手に好きも嫌いもないだろうにと非難する顔でもあったが、それは言われるほうも承知の上だ。

細い肩をすくめて弁明した。

「そいつは冗談としてもだ。必要以上に怒らせたくないのは本当だぜ。やりにくくなるだけだからな」

実際、今でも充分にやりにくいのである。

こちらの存在を知られた瞬間には仕事を完了――つまりは相手の息の根を止めているのが、いつもの彼らの手順だった。

レティシアのような腕利きなら特にそうだ。

それが、すでに顔を知られた上、こちらが殺意を抱いていることまで知られてしまっている。

これ以上やりにくい相手はない。同時にこれほどやりがいのある相手も他にはいなかった。


ポーラとアランナが植物の市場まで戻ってみると、草花好きの未亡人は多大な戦果を挙げていた。

百合や水仙、鬱金香《うっこんこう》など、春に咲く色々な球根に、麝香豌豆《じゃこうえんどう》や撫子《なでしこ》の種などを袋いっぱいに買い込み、中央では見ない珍しい香草の苗を数種類、さらにはどんなふうに育つのか見当もつかない苗木を藁紐《わらひも》で束ねたものまで、両手に余るほど抱えている。

こうした露店の難点は屋敷まで配達してくれとは頼めないところだ。ラティーナは残念そうだったが、これ以上は持ちきれないので引き上げると言った。

「これほどの掘り出し物があるとわかっていたら、うちの娘《こ》たちを総動員したんですけど。人を連れて明日また来ますわ」

「お一人で大丈夫ですか、ラティーナさま」

「途中までお持ちしましょうか？」

「いいえ、とんでもない。お二人はまだここに用があるのでしょう？　わたしなら大丈夫です。通りへ戻れば辻馬車《つじばしゃ》を拾えますから」

二人と別れた夫人は両手にずっしりと重い荷物を抱えて人混みを縫って歩き出したが、すれ違う人に苗木をつぶされないようにかばいながら歩くのは、なかなか難儀なことだった。

思うように足が進まず、雑踏に流されまいと四苦八苦する夫人にいつの間にか寄り添った人がある。

「お手伝いします」

声と同時に片手に持っていた荷物をすくい取られ、ラティーナは自分を助けてくれた娘を不思議そうに見つめて、破顔した。

「あら、まあ。見違えました」

シェラも微笑を返した。

手に提げた荷物の重さにちょっと眉を顰《ひそ》めて言う。

「辻馬車までお持ちしますよ。いくらお好きでも、これはご婦人には重すぎます」

「ありがとう。助かりました」

一息ついたラティーナは残った荷物を両手に振り分けて持ち直した。これでだいぶ楽になった。

並んで歩きながら、そっと問いかける。

「あなたがここにいるということは妃殿下も？」

「はい。ポーラさまの護衛を陛下に頼まれたそうで、今もお二人には気づかれないように、お傍についていらっしゃいます」

「まあ……」

「そのことでお尋ねしたいのですが、ポーラさまはいったい何をお探しなのでしょう？　何か、ここでなければできない買い物でもあるのでしょうか」

「それは妃殿下からのご質問ですか？」

「はい。日用品や装飾品が欲しいのなら、わざわざ変装してこの街へ来る理由はないはずだというのがあの方のご意見です。わたしも同じ考えです」

ラティーナは困ってしまった。

何と言っても女同士の仁義というものがある。

このきれいな娘が本物の女性なら話しても問題はないのだが、実は少年である。そこが難点だった。

返答に窮《きゅう》していると、シェラは優しく言った。

「わたしは妃殿下にお仕えするものですから、他の方には何も申しません。もちろん陛下にもです」

男性には言いにくいことなら沈黙を守るからと、気を回してくれたのだろう。こんな気遣いも本物の女性のように細やかだ。

そうは言っても王妃が知れば必然的に国王の耳に入ってしまうはずとラティーナはまだ躊躇ったが、次の瞬間、苦笑して、自分のその考えを打ち消した。

あの王妃はあらゆる意味で普通ではない。

誰にも属さず、国王にさえ膝を折らない。

今は亡きラティーナの夫を救ってくれた時もそう

だった。国王にはいっさい知らせずに、当時はまだ王女だったグリンディエタ一人の判断で片づけた。

この侍女に見える少年は、その王妃一人に忠誠を誓っている。何より王妃がポーラの身を案じているのは疑いようがなかったので、ラティーナは慎重に口を開いた。

「わかりました。お話ししますが、独騎長さまには内緒にすると約束してくれますか？」

そこのところだけは女の仁義を守り通さなければ自分の顔が立たないが、予想外の言葉に驚いたのはシェラのほうだ。

美しい菫《すみれ》の瞳を見張って心配そうに尋ねてきた。

「あのお二人が独騎長に何かよからぬことを考えているとでも？」

「まあ、いいえ、違います。決してそんな恐ろしいことではありません。お二人のほんのちょっとしたお節介というか、悪戯心のようなものなんです」

辻馬車を拾う間に、夫人は手早く事情を説明した。

シェラは注意深く耳を傾けて話を聞き終えると、あらためて秘密を守ることを約束し、馬車に荷物を積むのを手伝って夫人を見送り、露店の並ぶ市場に引き返した。

雑多な人混みであふれていても、シェラは難なく変装した二人を見つけ出した。

当然、その近くに王妃が隠れている。

召使いに変装した二人は、今、焼きたてのパンや熱いお茶を売る一角に引っかかっていた。

さすがに空腹を覚えたらしい。

こんな人混みの中で立ったままものを食べるのも二人には生まれて初めての経験だろう。ぎこちない手つきではあるが、とても楽しそうだ。

シェラも香草茶と挽肉《ひきにく》を詰めた揚げたてのパンを数人分買い求めて、王妃のところに持っていった。

きっとそのくらいは食べると思ったからである。

果たして、王妃はシェラの持っていった食べ物をきれいに平らげ、事情を聞いて眼を剝いた。

「惚れ薬⁉」

尾行中であることも忘れてつい大きな声を出して、慌てて声を抑える。

「二人ともいったい何を考えてる？」

王妃と同様に食事を済ませたシェラも困惑顔だ。

「わたしに言われても困ります。あの方たちは真剣なんですから」

「真剣にそんなものイヴンに飲ませようってのか？　勇気あるなあ……」

あなたに眠り薬を盛った陛下ほどではありません──と、よほど言いたいシェラだったが、賢明にも黙っていた。

「だけど、そんな薬、効くのかな？　昼の魔法街で売ってるようなものなんだろ」

「その通りです。ほとんどは紛《まが》いもので、砂糖水に色を付けたり、高いものでも薔薇《ばら》やバニラの香料を垂らしてあるだけだったり、よほど高級なものでも溶かしたチョコレートなどが主《おも》でしょうね。あれはあれで愛を深める効果があると言われていますから、まったくの紛いものでもないと思いますけど」

惚れ薬という名前は強烈に響くが、要は気休めのおまじない程度の意味合いが強いものに過ぎないと侍女に説明されて、王妃は微笑した。

「女の子って、どこでもそういうの好きなんだな」

この時の王妃が思い出していたのはもう長いこと会っていない『家族』のことだった。

王妃にとっては単なる遺伝学上の血縁関係者だが、世間ではそれを立派な家族ないしは肉親という。

小さな妹はいろいろな恋占いに夢中だった。

姉娘も『恋が叶うおまじない』とか『彼との相性占い』とか『恋別に効く小物《グッズ》！』とか、どんな根拠があるのか不明だが、熱心に調べていたように思う。

当時のリィは──その頃はまだ王妃ではなく女の身体でもなかったので──理解に苦しんだ。

人の心など『おまじない』でさほど変化するとは思えなかったし、実際に変化させられるとしたら、これは大変なことである。

人間社会にはそんなに高度な呪術師がいるのかと疑問に思い、その疑問を率直に相棒に尋ねてみると、あっさり否定された。

あれは単なる戯言《ざれごと》に等しいもので、彼女たちには真贋も的中率も問題ではないのだという。

さっぱりわからなかった。

的中率が低いなら、どうして彼女たちはあんなに熱中するのかと尋ねると、相棒は悪戯っぽく笑って、

「たまに当たったたような気がするから楽しいんだよ。結局、人は信じたいものを信じるってことだと思う。あの子たちはあれが好きだし、あれを信じることで安心してるんだから他人がどうこう言っても無駄」

未だに理解はできないが、他人の価値観に文句を言うつもりはない王妃はからかうように言った。

「けどまあ、身体に害がないならいいんじゃないか。そういうことならイヴンには覚悟を決めてもらって、おれたちも協力して、ぐいっと飲んでもらうとか」

冗談めかした王妃の言葉に、シェラは難しい顔で首を振った。

「それが……」

「何だ？」

「全部がそういう紛いものなら問題はないんですが、中にはそうではないものもあるんです」

「本当に効くってことか？」

「効くものもあるということです。それも、非常にまずい具合に効きます」

「どういう意味だ？」

きょとんと眼を丸くすると、無邪気にすら見える顔になる。こういう時の王妃は見た目のままの若い娘のようだし、シェラの正体は同い年の少年だが、シェラは妙な遠慮はせず、はっきりと口にした。

「淫薬《いんやく》として作用するものがあるという意味です」

王妃は何とも妙な声で呻《うめ》いた。

「それ、飲み薬か？」

「たいていは」

「つまり、それを飲むと強制的に発情期の雄状態になるわけか？」

「もっとも端的な言い方をすればそうです」

王妃はいつもの癖で頭を掻《か》きむしろうとしたが、今日は帽子を被っていることに気づいて、髪の生え際を掻いて手を戻した。

「だけど、全部が全部じゃないだろう？」

「もちろんです。今も言ったように、ほとんどは害のない色つきの砂糖水と思って間違いありません。——売り手にしても素人の女性にそう危ないものを売るとは思えないんですが……」

万が一がないとは言い切れない。

シェラは心配そうな顔だった。

王妃も難しい顔になって考え込んだ。

「まずいな」

「ええ」

「ちょっと前までのナシアスにならそんな薬も有効だったかもしれないけど、イヴンはまずい。最悪だ。下手にそんなものを使われてみろ。まとまるものもまとまらなくなるぞ」

「わたしもそう思います」

エンドーヴァー未亡人とラモナ騎士団長の恋愛を成就させるために足らなかったのは、ほんの小さなきっかけに過ぎない。互いに躊躇《ちゅうちょ》している背中を一押ししてやればよかったのだ。

しかし、あの黒衣の戦士とドラ伯爵家の令嬢との間ではそうはいかない。

一つ間違えば修復できない亀裂が入る。

「二人が探している惚れ薬はもちろん、危なくない砂糖水のほうなんだろうけど……」

「ええ。そこが素人の怖さです。お二人ともそんな淫薬《くすり》の存在さえご存じないと思います」

それだけに何を掴《つか》まされるかわからないわけだ。

「ラティーナさまのお話では、お二人は買い求めた品物をそのままシャーミアンさまに贈って、使ってみるようにと勧めるおつもりのようですから、要はシャーミアンさまの手に渡る前に中身を鑑定《かんてい》できればいいんですが……」

「わかった。それなら話は簡単だ。今夜、芙蓉宮に夕飯を食べに行くから、おまえも一緒に来るといい。まさか今日帰ったその足でシャーミアンのところに持って行くこともないだろう」

王妃は肩をすくめてちょっと笑った。

「おれたちなら『女同士』だからな。ウォルには内緒で、買い物の成果を披露してくれるように頼めば、ポーラは見せてくれるさ」

シェラも複雑な微笑を浮かべた。

確かに王妃は身体だけは立派な女性だし、自分も外見だけなら娘に見える。お互い、中身はまったく別のものであるとしてもだ。

「ですけど、調べて危ないものだとわかったらどうなさいます？　取り上げるんですか」

「仕方ないだろう。万が一にもそんな薬《もの》に煽《あお》られてシャーミアンを押し倒したなんてことになってみろ。イヴンは憤死するぞ。正気に戻ったとたん、行方をくらましても全然おかしくない」

むりやり仕組まれた既成事実など、あの男が納得するはずはない。責任を取らなければと考えるより、黙って姿を消して二度とシャーミアンの前には顔を見せないという決断のほうを選ぶだろう。

もちろん、国王の前にもだ。

そんなことになったら、あの二人の婚約が破談になるだけではすまない。国王は大事な親友を失い、ベノアは次の頭目を失う。

ひいてはデルフィニアはタウを失うことになる。

王妃は苦笑して、召使い姿の二人に眼を戻した。

「明るいうちに帰る気になってくれるといいけどな。ここで夜を迎えたらちょっと厄介《やっかい》なことになる」

「大丈夫ですよ。あの人たちは立派な主婦ですから。夕食の支度をする時間までに必ず帰宅なさいます」

腹ごしらえを終えた二人はまた買い物に戻ろうとしている。王妃も後を追って歩き出そうとしたが、急に足を止めて振り返った。

「――――?」

一拍遅れて、シェラも背後の気配に気づいた。

振り返れば、見上げるような人影がそこにあった。

「これは驚いた。実に見事な美女ぶりだな。中身を知らなければ口説きたいくらいだぞ」

男性的な快活な声が頭の上から降ってくる。

堂々と自分をからかう相手に、シェラも微笑して言い返していた。

「公爵さまこそ、そんな身なりでどうなさいました。お忍びで遊興ですか?」

実際、バルロは彼にしては珍しい服装をしていた。

濃い灰色に染めた上着といい、短めの外套《がいとう》といい、茶のズボンに年季の入った長靴、さらに剣の拵《こしら》えも、それを下げる腰帯も、まるで飾り気のない実用的なものばかりを選んで身につけて、短い鷹《たか》の尾羽根を飾りに使ったフェルトの帽子を被っている。

普段の伊達男《だておとこ》ぶりからは想像できないサヴォア公爵の姿だった。

筆頭公爵の風格はどんな格好をしていても健在で、似たような群衆の中でもこの人を際立たせているが、服装だけがいただけない。至って無骨で垢抜けない、娼婦宿の呼び込みが『カモだ』と判断するような、地味な田舎貴族そのものに見える。

あるいはそれを狙ったのかもしれないが、公爵の身分のままでは味わえない庶民的な遊びを楽しむにしては場所と時間が妙だった。

王妃も首を傾げて、その疑問を率直に口にした。

「お忍びで遊ぶつもりなら来るところを間違えてるんじゃないか。ここには団長の相手ができるような綺麗所《きれいどころ》はいないはずだぞ」

「そう言うあなたはこの美女と一緒にどこぞの仮装劇にでもお出になるのか。いつにも増して凛々しい美少年ぶりだが……」

「ほっとけ。女遊びが目的じゃないならなんだってそんな格好してるんだ?」

「人を色魔のように言うのはよしてもらいたいな。理由があってしていることだ」

　胸を張ったバルロが断言したところへ、もう一人騎士団長がやって来た。姿を変えた王妃とシェラを認めて眼を見張る。

「おやおや、これは……どうなさいました？」

　そう言うナシアスもどこの誰かと見紛《みまが》うような格好をしていた。

　袖の大きな腰までの紺の上着をゆったりと羽織り、帯は締めていない。しかも騎士団長にもあるまじきことながら腰に剣を下げていない。

　足にぴったりした白のズボンに革の短靴を履いて、平たい丸い帽子を被り、とどめに大きな絵の具箱を抱えているところは、どう見ても学士院の画学生か画家の内弟子だ。

　もともと清らかな容貌で、温雅な性質の、戦場を一歩離れればその戦いぶりが想像できない人だから、そうしていると生まれてこの方一度も剣など握ったことがありませんという優男《やさおとこ》の風情に見える。

　王妃はすっかり眼を丸くしていた。

「ナシアスまで何してるんだ。結婚式も近いのに、まだこの悪友につきあってるのか？」

　剣を置いてきたラモナ騎士団長は自分の身なりを見下ろして、くすぐったそうに微笑した。

「わたしもこの身なりは非常に不本意です。私服で充分だろうと言ったのですが、この男がすっかり面白がってしまって衣裳まで調達してきたんです」

「おまえは自分の見た目を過小評価しすぎるからな。たとえ私服でも、ティレドン騎士団長とラモナ騎士団長が並んでこんなところを歩いてみろ。たちまち人だかりができてしまうわ」

　少なくともその主張は間違ってはいないと王妃もシェラも思った。たとえ本来の身分を知らなくても、これだけ見栄えのする二人である。人目をひくことおびただしい。

　今のバルロとナシアスは、身分にこそ多少の差があるものの、地方からコーラルに出てきた仲のいい若者同士が連れ立って賑やかな町並みを見物にきた——そんなふうに見える。

　実際、ここにはそういう見物客も多い。

　目立ちたくないのだとしたらぴったりの選択だが、王妃はますます呆れてナシアスに文句を言った。

「残り少ない独身生活を楽しみたいのもわかるけど、ラティーナをほったらかしにするのはよくないぞ。どうせなら一緒に来てやればよかったのに。山ほど買い物をしてすごく重そうな荷物を抱えてたんだ」

　二人の騎士団長はさっと顔色を変えた。

「エンドーヴァー夫人が来ているのか？」

「妃殿下。失礼ですが、どの辺で見かけました？」

「いや、さっきまでいたけど、ちょっと前に帰った。そうだよな？」

「はい。わたしが辻馬車までお送りしました」

　シェラが答えると、ナシアスは明らかに安心して、胸を撫《な》で下ろした。バルロもその表情から安堵《あんど》しているいることがわかる。

　王妃とシェラは思わず顔を見合わせた。

　ラティーナが立ち去ってくれてよかったと彼らは思っている。それは見つかったら困るようなことをしているからではない。そんな理由でこの人たちがこんな顔をするわけがない。

　どうにもただごとではなさそうな雰囲気だった。

「二人とも、いい加減に事情を話せよ」

　王妃が焦《じ》れて言うと、ナシアスは驚いたらしい。

「では、妃殿下はご存じではなかったのですか？」

「待て。ナシアス。場所を移したほうがいい」

　彼らは表通りの端、露店と露店の隙間で立ち話をしていたが、バルロの提案を容れて移動し、建物と建物の間の狭い路地の奥に落ちついた。

　魔法街の建物はそのほとんどが巨大な石と漆喰《しっくい》の塊《かたまり》である。一軒ごとが外壁ではなく建物の内部で区切られているいわゆる長屋形式だが、その長屋は上にも奥にも存在した。

巨大な石の塊の隙間を縫って、大人二人がやっとすれ違えるくらいの細い道が設けられ、どこまでも奥へ続いている。道の途中にも突然、扉が現れたり、細い階段が設けられていたりする。身を潜めるにはうってつけの場所だ。

バルロは辺りに人がいないのを確認して言った。

「実はな、王妃。我々は現在、探索任務中なのだ」

王妃とシェラはまたまた顔を見合わせてしまった。

ティレドン・ラモナ両騎士団長が部下も連れずに変装して、露店の立ち並ぶ魔法街で探索任務とは、この両人にこれほど似合わない務めもない。

「人選に多大な問題があると思うぞ。いったい何の探索なんだ？　だいたいどうして団長やナシアスがそんな仕事をしてるんだ？」

「あなたが知らないとは思わなかったぞ。従兄上《あにうえ》もずいぶん気にかけていたことだからな。当分の間は内密に頼むと念を押されたのだが、まさか我が国のハーミアに黙っているわけにもいくまい」

バルロは一息に言って、王妃を見下ろした。

「行方不明者の探索です。このところ、若い女性が消息を絶つ事件が立て続けに起きているんです」

「失踪《しっそう》事件？」

「それも貴族の女性ばかりです。多少、身代《しんだい》の差はありますが、外出すると言って家を出たきり戻ってこない。そうした事例がすでに三件です」

貴族の奥方や令嬢が泊まりで芝居見物に行ったり、召使いを連れて旅行に行ったりするのは珍しくない。

最初はコーラル郊外に屋敷を持つ領主の若奥様がいなくなった件だった。若奥様が使っている馬車と召使いも一緒に消えたので、急に思い立って別荘に出かけたのだろうと家族は思い、そのうち連絡してくるだろうと、あまり気に留めていなかった。

市内の集合住宅に家族と暮らしていた小身貴族の娘が姿を消した時はもう少し深刻だった。

彼女は芝居見物や旅行ができるほどの金持ちではなかったから、父親はまったく違う可能性を考えた。

娘は家出もしくは駆け落ちをしたのではないかと恐れて、事を荒立てないように心当たりを探させた。

三人目は一の郭に豪邸を構える大貴族の令嬢で、この時は血相を変えた父親が騒ぎ立てた。

娘は先日婚約が調ったばかりで自分から姿を消す理由は何一つないと主張し、父親は地位を利用してコーラルの治安を維持する役所に極秘の捜索を頼み、知人であるサヴォア公爵にも相談を持ちかけた。

王妃が尋ねる。

「じゃあ、その捜索っていうのは、団長が個人的にやっていることなのか？」

ナシアスが難しい顔で首を振った。

「そこにもう一つの情報が結びついたのです」

三人目の女性が失踪した後、王宮に匿名《とくめい》の投書が届いた。この魔法街で非合法な人身売買が行われていることを密告するものだった。

若い娘が代金と引き替えに身売りすること自体は別に違法でも何でもない。買い付け人は許可を得て商売をしているし、親や親類とれっきとした証文を取り交わした上で娘を連れていくものだ。

しかし、その投書によれば誰にもわからぬように娘を拐《かどわ》かして、親に無断で売りさばく仕組みが魔法街にあるという。特に本来なら市場に出ない貴族の女たちが高く取り引きされているというのだ。

「そしてその投書には実際にさらわれた人物として、問題の三人の女性の名前が書かれていたそうです」

「無論いたずらの可能性もある。行方不明になった女たちのことを聞きつけて、おもしろ半分に名前を使っただけかもしれないが、事実なら捨て置けん。行方不明になった三人は互いに親交はない。共通の友人もいない。唯一共通点があるとすれば三人とも頻繁《ひんぱん》にこの魔法街に出入りしていたことだ。しかも、通う先も同じだったとなると、投書の内容は一気に信憑性《しんぴょうせい》を増してくる」

王妃が意外そうに問い返した。

「同じところに通ってた？」

二人の騎士団長は何とも言いがたい表情になって、ナシアスが説明した。

「その女性たちは全員『愛の秘薬と神秘の館』とかいうところの常客だったそうです」

「何だ、そりゃ？」

眼を丸くした王妃に、シェラがそっと説明する。

「たぶん、ご婦人たちの好みそうな小物を売ったり、占いをしたりするのではありませんか？　特に恋愛関係の占いなのでは……」

「そのとおりだ」

何でもそこには、許されぬ恋に身を焦《こ》がす女や、恋人との未来を占ってほしい女などが助言を求めて、引きも切らずに訪れるらしいとバルロは説明した。

「そこの熱心な客だった三人の女が姿を消したのだ。実態を確かめねばならん。——とは言え、正面から乗り込んだところで素直に白状するはずがない」

「それで団長たちがそこの客になるのか？」

二人の入念な変装から王妃はそう推測したのだが、バルロは露骨に顔をしかめた。

「恐ろしいことを言わんでもらいたい。占う内容が内容だぞ。男が顔を出せるところではないわ」

ナシアスも頷いて言葉を添える。

「入り口自体は比較的静かな路地の奥にありますが、そもそも男の立ち入れるような場所ではないんです。建物の看板は似たような占いの店がほとんどですし、路地に並んでいる露店にしても、女性用の装飾品や化粧品を扱うものばかりですから」

「ああ、そりゃあナシアスでも入れないな」

いかにも納得した様子で王妃が言ったものだから、ラモナ騎士団長は秀麗な顔で困ったように笑った。

「わたしでもというお言葉はどうかと思いますが、確かにそうです。路地を覗き込むのが精一杯です」

それだって下手をすれば変人扱いである。

「じゃあ、探索任務は最初から失敗じゃないか？」

シェラもまったく同感だった。

木を隠すには森の中の言葉もある。

そんな場所に潜り込むには本物の女である必要はないが、少なくとも（自分が実践しているように）外見だけは女に見えることが大前提だ。

バルロのような偉丈夫《いじょうふ》は逆立ちしても無理だし、ナシアスも同様だ。いくら物腰が穏やかでも優しい顔立ちでも、背丈はバルロとほとんど変わらないし、体格的にも著《いちじる》しく無理がある。

王妃の疑問に、二人はなぜか苦笑を浮かべた。

「だから囮を立てた。今その占い館に潜入しているところだ」

問題の女性たちが本当にそこで消息を絶ったのか、その確証を得ることが第一で、事実ならば居場所を突き止める必要がある。いつまでも攫《さら》った女を占い館に置いておくはずがないからなと指摘した上で、バルロはわざとらしいため息を洩らした。

「我々の目論見では囮を故意に誘拐させて女たちの居場所を突き止めたかったのだが……やはりこの、囮の人選に非常に問題があってな。誘拐されたのはみんな物静かな、しとやかな女性たちだ。ところが、この囮ときたら、美しいことは確かに美しいのだが、物腰も口振りもお世辞にも女らしいとは言いがたく、いささか薹《とう》が立っているときている」

シェラは思わず首をすくめた。

王妃はおもしろそうな顔で振り返った。

そこには今の話を聞いていたらしいロザモンドが両の拳《こぶし》を握りしめて立ちはだかっていた。

その拳がわなわなと震えている。

「無礼といえばあまりに無礼だぞ、サヴォア公」

ロザモンドもすっかり姿を変えていた。

美麗な騎士装束ではなく、豪華なドレスでもなく、それこそ下級貴族の妻のような身なりである。

黒と白の毛糸で織ったチェックの服はずいぶんと地味な印象で型も古い。お金のない人がやっと手に入れるような洒落《しゃれ》っ気のない実用的なドレスだ。

顔はまったく化粧気がなく、髪も小さな髷《まげ》に結い、野暮《やぼ》ったい帽子を被っている。

あまりにも意外な姿に、王妃は苦笑した。

まるで似合っていない──というより板についていない。いくら外側をそれらしくつくったところで、この人の持つ気品と身体に染みついた公爵としての風格をごまかすまでには至っていないのだ。

「こりゃあ、誰が見ても無理があるな」

「あなたもそう思うか？」

バルロも笑って肩をすくめ、切実に訴えてきた。

「ところがだ、聞いてくれ、王妃。この女は最初は召使いに変装すると言ったのだぞ」

「そりゃあ、ますますもって無理な話だ」

小声で呟いた王妃の言葉は聞こえなかったのか、ロザモンドは憤然と夫にくってかかった。

「お言葉だが、サヴォア公。わたしは自分が売色《ばいしょく》目当てに誘拐される年齢でないことは承知している。囮にはもっと若い娘のほうがふさわしいことも。だから、囮はシャーミアンどのに引き受けてもらい、わたしはその侍女として行くと言ったのに、それをやめさせたのは公のほうだぞ」

「当たり前だ。まったくおまえも自分を知らんな。俺やおまえではいくら変装したところで限界がある。姿だけ召使いになったところで中身まで真似できるものか。怪しまれるだけだ」

王妃は至極もっともと頷いた。

今回は全面的にバルロの言い分が正しい。

夫婦そろってデルフィニアを代表する公爵の彼らである。バルロはまだ砕《くだ》けた性格だから身分の軽い遊び人にも（外見だけは）化けることができるが、ロザモンドは大家《たいけ》の長女として厳しく育てられた上、本人にも生真面目なところがある。どう変装しても貴族以外に見えることはまずあり得ないのだ。

ロザモンドの背後には若い侍女が従っていた。

王妃とシェラを見て、にっこり笑いかけてくる。

シャーミアンだった。

薄い緑色の服に真っ白なエプロンドレスを重ねて、白いキャップを被っている。こちらは若さの分だけ溌剌《はつらつ》とした小間使いに見えなくもないが、女騎士として相当の腕前を持つシャーミアンだけに、立ち姿からして妙に毅然とした小間使いである。

それでもロザモンドが侍女に扮するよりは百倍もましだが、王妃はしげしげと二人の姿を見比べて、バルロに視線を戻した。

「とんだ一大仮装大会だな」

「男が入れないところである以上、仕方がなかろう。探索に使えるほど武芸に秀でた婦人などそう滅多にいるものではないし、俺としても好きでこの二人を囮に使ったわけではないぞ。どうしてもやると言い張って引かなかったのだからな」

王妃が眼で理由を問うと、ロザモンドが答えた。

「行方不明になった女性の一人はわたしの友人です。打ち捨ててはおけません」

三人目の重臣の娘がそれだ。

シャーミアンも頷いた。

「わたしも同じです。二人目に消えた人はわたしの知人なんです。以前、父の屋敷で行儀見習いとして預かっていたことがあって、仲良しだったんです」

「じゃあ、ナシアスは何でだ？」

「この悪友につきあわされたというところですね。こういう仕事はわたしのほうが向いているそうです。どうせ暇だろうから手伝えと言われてしまいまして、担ぎ出されました」

結婚を間近に控えたナシアスが暇とは思えないが、ティレドン騎士団長は自分のことをよく知っている。同時に友達のこともよくわかっているらしい。

そのバルロもまた、三人目の娘の父親からせっぱ詰まった嘆願をされていたという。娘は何らかの事件に巻き込まれたに違いない、特別に捜索するよう国王に頼んではもらえないかというのだ。

父親の必死の嘆願にも、バルロは最初あまりいい顔をしなかった。何でも国王に訴えれば解決するというものではないし、こんな個人的な一件で従兄《あに》を煩わせるのも気が進まなかった。

「だが、娘が消えた事実は事実だ。このコーラルで起きた以上、従兄上《あにうえ》の施政にまったくの無関係とも言えないからな。一応お耳に入れておこうと思って出向いてみたところ、従兄上が問題の投書を睨んでいたというわけだ」

王妃はちょっと顔をしかめ、この場にいない人に物騒な文句を言った。

「あの馬鹿、どうして早くおれに言わない？」

「従兄上がこの件をできるだけ穏便に解決したいと思っていらっしゃるからだろう。国王お膝元のこのコーラルで非合法な人身売買が行われていたなどと表沙汰《おもてざた》になるのはありがたくない。何より本当にその女性たちが誘拐されたのだとしたら、なるべく内密に身柄を取り戻して元の生活に帰してやらねばならん。大げさにすればする分だけ彼女たちに傷がついてしまう。しかし、あなたが絡んできたのでは、間違っても穏便に片づくはずがない」

「それこそ間違っても団長には言われたくないぞ。穏便なんて言葉から一番遠い性格してるくせに」

「俺のような人格者をつかまえて何をおっしゃるか。あなたのほうこそ次から次へと人の度肝《どぎも》を抜く大事件ばかり引き起こしてくれるくせに、よく言うわ。この件は俺が従兄上から任された務めなのだから、あなたに口出しはさせんぞ。今度こそ、おとなしく引っ込んでいてもらうからな」

王妃と筆頭公爵が笑いながら睨み合っているその傍ではもう一人の公爵が顔色を変え、しきりと夫の袖を引いて小声でたしなめていた。言葉を慎めとか、相手がどなたかわかっているのかというようなことをだ。夫の口の悪さは承知していたロザモンドだが、王妃本人に面と向かってここまでの毒舌を吐くのを目の当たりにするのは初めてだったのである。

一方、シェラとシャーミアン、それにナシアスは、笑顔で互いの変装を鑑賞し、評価し合っていた。

「さすがだね、きみは。とても少年には見えないよ」

ロザモンドをはばかってナシアスが小声で笑えば、

シャーミアンもそっと頷いた。

この場にいる人の中でロザモンドだけがシェラの正体を知らない。

王妃に仕える侍女として顔は知っているだろうが、この清楚な娘が本当は少年だということも、以前は王妃の命を狙う刺客《しかく》であったことも知らない。

彼らにも知らせるつもりはなかった。

それでなくとも夫と違って堅い人だから、以前のシャーミアンのように血相を変えて剣を引き抜き、「誅殺《ちゅうさつ》する！」となってはたまったものではない。

シャーミアンはよくできた芸術品を眺めるようにほれぼれとシェラの姿を見つめると、自分の変装を見下ろしてちょっと笑った。

「もうずっと以前、農家の娘に変装して、妃殿下と一緒にコーラル城に侵入したことがあるの。だけど、その時も今も全然だめね。とてもあなたのようにはうまくできないわ」

「とんでもないことをおっしゃいます」

シャーミアンがシェラのようでは却《かえ》って困るのだ。こんな小細工はまっとうな騎士のすることではない、自分のような日陰の生き物の常套《じょうとう》手段なのだから。

しかし、ナシアスの画学生ぶりは、そのシェラの眼から見ても板についていた。

ティレドン騎士団長が勇猛果敢にして豪放磊落《らいらく》の策謀家なら、ラモナ騎士団長は明敏な頭脳を有する変幻自在の軍師である。必要とあらば味方をも欺《あざむ》く肝の太さを発揮する。そんな画学生のナシアスが、小間使いのシャーミアンに丁寧に話しかけた。

「実際に潜入して、内部の様子はいかがでした？」

「そうだ。俺もそれが聞きたい。どうなのだ？」

バルロも妻に尋ねる。下流貴族の奥様とその小間使いは困ったような顔になった。

「どう、と言われてもな……」

「ああいう場所には何しろ、生まれて初めて入ったものですから……」

扉をくぐった中は狭い店舗で窓がなく、昼間でも真っ暗だったという。

壁の棚には毒々しい色彩の硝子や陶器《とうき》の瓶《びん》が並び、暗いランプがそれらを不気味に照らし出し、正面に行く手を塞《ふさ》ぐように分厚い垂れ幕が掛かっていた。

その奥から体格のいい中年の女が出てきたので、占いをお願いしたいと頼むと、すぐに奥へ通された。

外から見た時にはわからなかったが、奥はかなり深そうだった。漆喰を塗り固めた通路も狭くて入り組んでいる。恐らく客同士が顔を合わせないように配慮しているのだろう。通路の途中にいくつか扉もあったが、人の気配は感じられない。

二人が通されたのはそんな扉の一つだった。

侍女のシャーミアンは扉の中の控え室に残され、ロザモンドだけがさらに奥に通された。

「芝居めいた部屋だったな。部屋の真ん中に小さな円卓が置かれていて、向かいに占い師が座っていた。わたしは手前の椅子に腰を下ろしたが、それだけでいっぱいになる狭さだった」

四方の壁は重い緞帳《どんちょう》で覆われており、占い師の斜め後ろ左右に立てられた背の高い燭台がゆらゆら揺れる光を放っていた。香を薫《た》き込めてあるようで、ロザモンドが思わず顔をしかめたほどきつい香りが漂っていたが、空気はそれほど濁《にご》っていない。

壁の後ろが通路になっているようだった。

占い師は五十年輩のでっぷりと太った女で、眼の回りを真っ黒に縁取り、瞼《まぶた》は真っ青、唇は真っ赤の厚化粧で、口のきき方も芝居がかっていたという。

「ロザモンドは何を占ってもらいに行ったんだ？」

王妃の質問にロザモンドはなぜか言葉を詰まらせ、沈黙してしまった妻の代わりに夫が答えた。

「ああいうところに出入りする女の相談と言ったら、未婚なら恋人のこと、既婚者なら夫のことと相場が決まっているぞ、王妃。だが、当たり前の相談ではおもしろくない。なるべく連中が尻尾を出すような物騒な話を持ちかけたが、首尾はどうだった？」

美貌の女公爵は奇妙な具合に口元を歪めていた。

笑いと不快の入り交じった表情のように見えた。

ロザモンドはまず、あらかじめ用意の身の上話を聞かせたという。

結婚して三年にしかならないのに夫は酒色に耽り、賭事に熱中し、二人の子どもすら養いかねる有様で、ほとほと愛想が尽きていると訴え、その上で、

「実は今わたしには好意を寄せてくれる男性がいて、わたしもその人を慕わしく思っているのに、不実なくせに陰険で見栄っ張りで嫉妬深い夫はどうしても離婚に応じてくれない。それどころか暴力を振るう有様だと話して聞かせました」

「よくそんなこと思いついたな」

お世辞にも嘘をつくのが上手とは言えない彼女の気性を知っている王妃が感心すると、女公爵は顔をしかめて軽く夫を睨んだ。

全部、この男が考えた筋書きらしい。

「とにかく、何とかあの夫から自由になりたいと、何か方法はないだろうかと切実に訴えたつもりです。こちらで呪術を行っているのなら、誰にもわからぬように夫の命を奪ってくれるというのなら、金額は多少かかってもかまわない。誰にも口外しないからぜひともお願いしたいとまで言ったのですが……」

バルロがわざとらしく眼を見張る。

「何とまあ薄情な奥方どのだ」

「言わせたのはどこの誰だ？　第一、ご自分を振り返って少しは考えてみろ。少なくとも放蕩《ほうとう》の一件は紛《まご》うことなき事実ではないか」

しかし、ロザモンドの熱演も空しく、占い師から返ってきたのは通り一遍の返答だけだった。短気はいけない、もう少し辛抱すべきだというのである。

「毒薬でも売りつけてくれるかと思ったのに、結局、怪しげな占いに報酬を取られただけだったぞ」

「やはり一見《いちげん》客には簡単に正体を見せないか……」

舌打ちをしたバルロに、王妃が尋ねた。

「その場所は今どうなってるんだ？」

「手抜かりはない。我々の手の者が見張っている。

今のところ怪しい動きはないようだ」

「手詰まりってことか」

はっきり言う方だ」

バルロは苦笑したが、異様な取り合わせの一団が路地を占拠して真剣に考えていると、新たな人影が早足で近づいてきた。

ティレドン騎士団の見習い、キャリガンである。

彼も荷物を背負った小間物の行商に変装していた。

なるほどこれなら女だらけの路地の中を歩いても少しもおかしくない。行商が品物を卸しに来るのは当たり前の行動だからだ。

キャリガンはバルロの元に報告に来たらしいが、その場の意外な顔ぶれにぽかんと眼を見張って立ちつくしてしまった。

「何かあったのか？」

バルロの問いにキャリガンは荷物を背負ったまま、直立不動の姿勢をとった。

「はっ！　あの家に新たな客の女が入りましたのでご報告に参りました」

「ご苦労。これで何人目だ？」

「我々が見張りを開始してから十五人が入りました。出てきたのが十三人です」

「そうか。今のところ、二人の女が中に残っているわけだな？」

「はい。たった今入ったところです。裕福な貴族に仕える召使いのような二人連れでした」

王妃が顔色を変えた。

シェラもすかさず路地を飛び出した。

ポーラとアランナの姿を探したが、もうどこにも見あたらない。話に夢中になって、わずかでも眼を離した自分に舌打ちする思いだった。

王妃も同様だ。血相を変えてキャリガンに迫った。

「その二人連れ、顔は見たか？」

キャリガンはきょとんとしている。

「顔って言ったって、召使いですよ？　あの大きな帽子を頭からすっぽり被っているんです。顔なんかわかるはずがありません。自分はあまり近づかないようにしていましたし……」

「背格好は？　服装はどうだった？」

「二人とも中肉中背の若い女で、明るい水色の服を着てました。召使いがよく着ている襟と袖口だけが白い服です」

王妃は獰猛《どうもう》に唸《うな》って、相手の胸ぐらをひっ摑んで締め上げた。

「自分の姉も見分けられないのか⁉」

「はあっ⁉」

「それだけじゃない。一人がポーラならもう一人はアランナだぞ！」

絶句したキャリガンだった。一瞬で血の気が引き、ただでさえ大きな眼がこぼれ落ちそうになっている。

キャリガンばかりではない。

ティレドン・ラモナ騎士団長も、ベルミンスター公爵とドラ伯爵令嬢も同じように蒼白になっていた。


おそるおそる小さな木戸をくぐってみると、異国風の不思議な香りが漂っていた。

真っ昼間だというのに一歩中へ入れば夜のように暗く、ランプの灯《ともしび》が不思議な陰影をつけて店内を照らし出している。

壁の一面に何段もの棚がつくられ、様々な品物が所狭しと並んでいる。

硝子や陶器の大小の瓶が目立ったが、象牙細工の箱や真鍮《しんちゅう》の筒なども眼についた。小さな置物もだ。

ゆらゆら揺れる灯りがそれらを生きているように見せている。これだけ物が並んでいるのに、大人が三人も入ったらいっぱいになってしまう小さな店だ。

ポーラとアランナはこの雰囲気に呑まれてしまい、眼を丸くして店内を眺めていた。

「何をお探しだね？　お客さん」

いつの間にそこにいたのか、女が声をかけてきた。恰幅《かっぷく》のいい中年の女だった。男のような太い声で、無遠慮に笑いかけてくる。

「うちには何でもある。何でも用意できるよ。男を虜《とりこ》にするための品なら何でもね」

ポーラとアランナは互いの顔を見て頷き合った。

自分たちが欲しかったのはまさにそういう品物だ。

アランナは先程の更紗の売り手にした説明をもう一度話して聞かせ、ポーラもそれに同調して絶対に効果のあるものが欲しいのだと訴えた。

女は二人の話を聞き取ると、鷹揚《おうよう》に頷いた。

「なるほど。そういうことならとっておきのものを見せてあげよう。奥へおいで」

二人は喜んでその言葉に従った。


バルロとロザモンドはただちに救出隊を組織して、占い館に突入することを主張した。

こうなっては一刻も猶予はない、圧倒的な戦力を投入して二人を救出するべきと、いかにも大貴族の彼らしい意見だったが、王妃は首を振った。

「そんなことをしたらそれこそ騒ぎが大きくなる。中にいる二人も却って危険だ」

「そんな悠長なことを言っている場合ではないぞ、王妃！」

「いや、バルロ。わたしも妃殿下に賛成だ」

ナシアスが言った。

妹が問題の館にいるかもしれないとあって顔色を失っていたが、ラモナ騎士団長はこんな時でも取り乱したりはしない。あらゆる状況を想定して対処を考えるのがこの人の常だから、淡々と言った。

「現時点で強硬手段は好ましくない。迂闊《うかつ》に動いて逃げられたら、それこそ取り返しがつかなくなる」

ナシアスは強い衝撃を受けた時ほどこうなる。

心中《しんちゅう》動転していればいるほど、反動が来るのか、逆に落ち着き払ってしまう。

しかし、外見ほど冷静でいるわけではないことをよく知っているバルロは忌々《いまいま》しげに舌打ちした。

「裏口を別働隊に見張らせておいて正面から派手に突入すればいい。そうすれば悪党どもはみんな裏口から逃げ出すはずだぞ。結果的に自分から網の中に飛び込むようなものだ。一網打尽にできる」

「逃げ道が一つだけならその通りだが、別の裏口がないとは言い切れない。建物の中の構造もはっきりしない。おまえはその家が悪党の巣窟に違いないと決めつけているが、いささか早計に過ぎると思う。ベルミンスター公とシャーミアンどののお話でも、特に怪しいところは見あたらないというのだから、軽挙は慎むべきだ」

「ナシアス、おまえな……」

「バルロ。わたしは自分が何を言っているかくらいわかっている。妹はともかく、ポーラさまは絶対にお救いしなければならない。だが、その家が単なる占い館である可能性も依然として残っているんだ。踏み込んだ後で、人身売買組織とは何の関係もない家だとわかったらどうする？　この狭い街でそんな派手な動きをしたら本物の悪党たちに感づかれる。みすみす逃げる機会を与えてやるようなものだ」

「よし、問題を整理しよう」

王妃が言って、一同を見回した。

「確かめなければならないことは二つある。一つは本当にその家が人身売買の拠点なのか。もう一つはポーラとアランナが本当に中にいるのかだ。そしてこの二つのうち、人身売買の拠点であるかどうかを確かめることが先だ。なぜなら、ただの占い館なら二人がそこにいたって何の危険もないからだ」

「いかにも」

「おっしゃるとおりです」

「そこで、おれに考えがある」

王妃の考えというのは、ある意味、バルロの主張した手段以上に大騒ぎになるものだった。いつものことながら恐ろしく乱暴な方法でもあった。

しかし、効果抜群の名案だ。

全員、早速準備に取りかかった。

バルロはあらためて問題の家の——正確にはその家へ向かう路地の見張りを強化するように指示して、

自身は市警備隊の詰所に赴いた。

ナシアスは一番近い医師のところに向かった。

この間、王妃はシェラと一緒に買い物に走った。

幸い、ここには必要な材料は何でもそろっている。

王妃が買ってきたのは懐剣だった。

婦人用の飾りものではない。握りのしっかりした、充分に刃の厚みのある切っ先《きさき》鋭い実戦用の短剣だ。

王妃はそれをシャーミアンとロザモンドに渡して真顔で言い含めた。

「二人とも基本的に男の手は借りられないと思ってくれ。中の鎮圧はおれたちだけでやらなきゃならない」

「望むところです。叩きのめしてやりますとも」

ロザモンドは勇ましく頷いたが、シャーミアンは不安そうだった。

「でも、妃殿下。これをどうやって持ち込みます？　この形《なり》では腰に下げるわけには参りません」

「下げていてはいけないのか、シャーミアンどの」

「はい、それでは悪党の一味に気づかれてしまうと思います」

「そうか。どうしたものかな……」

ロザモンドは剣を手に考え込んだ。

短剣といってもずっしりと重みのあるつくりだし、柄《つか》を含めれば腕の長さほどはある。ドレスの胸元に隠すのは少々無理がある。シャーミアンに至ってはエプロンドレスを着ているので懐には隠せない。

悩んでいると、王妃が呆れたように指摘した。

「二人にはうってつけの隠し場所があるじゃないか。ちょっとスカートめくってみろよ」

「は⁉」

二人の見事な合唱になった。

「靴下留めはつけてないのか？　輪っかになってるやつだ。あれを少しきつく締め直してそこに挟めばいい。調節が利かなかったら何か帯みたいなもので足に固定してもいいぞ」

サヴォア公爵夫人とドラ伯爵令嬢は愕然となった。

王妃の言葉の意味がわからなかったようだった。

棒立ちに立ちつくしていたが、やがて二人の顔に見る見る血が上ってきた。

「妃殿下。ですがその……それでは、実際に戦闘になった時わたしたちは……」

傍目にも大混乱のロザモンドが狼狽《ろうばい》して言えば、シャーミアンも赤い顔で小声で問いかけた。

「どのようにして剣を抜けばいいのでしょうか？」

勇敢な女騎士である彼女らもスカートの中に剣を隠すことには抵抗があるらしい。なぜなら、いざ戦闘となった時に、よりにもよって敵の面前でそれをはね上げなければ武器を取り出せないことになる。

武芸に秀でていても、日頃は男装を好んでいても、二人とも上流階級に生まれ育った女性である。人前で下着を晒すような真似はもっとも忌《い》むべきものと教育されている。

何より恥ずかしくてたまらなかったが、ここでも王妃は平然と女心を無視した。

「スカートの中に手を突っ込めば簡単に抜けるさ。おれはこの間初めてやったけど、女装している時に限って言うなら最高に便利な鞘《さや》だと思ったぞ。女の人がどうしてやらないのか不思議だったよ」

普通のご婦人はそんなことはしないんです——と、シェラはまた心の中で密かに嘆いた。

ロザモンドとシャーミアンはまだ呆然としている。

騎士装束を纏《まと》って戦場に立てば長剣を見事に扱い、どんな難敵にも果敢に立ち向かう二人なのに、今は小さな短剣を握りしめて額に汗を浮かべている。

意を決したようにシャーミアンが顔を上げた。

「……わかりました。やりましょう」

「シャーミアンどの！」

ロザモンドが慌てて制止したが、シャーミアンは片手に短剣を、片手にスカートを握りしめている。

「恥じらいなどに構っている場合ではありませんわ、ロザモンドさま。お二人のためです。——妃殿下、いざとなったらこのスカートをめくりあげて、足に結びつけた剣を引き抜けばいいのですね？」
「そうだ。ただし素早くやれよ。もたもたしてると
それこそひどくみっともない格好で斬られるぞ」
シャーミアンもロザモンドも真剣な顔で頷いた。
戦場に出る者として死は覚悟しているつもりだが、
下穿きをさらした姿で死ぬのは願い下げだ。
彼女たちがいるのは、表通りから見えない路地の
奥だった。人気《ひとけ》はなくても屋外には違いないのに、
王妃はその場で勢いよく胴着とシャツを脱ぎ捨て、
ズボンに靴まで脱ぎ捨てて下着一枚になり、自分で
言ったように右の太股に剣をくくりつけた。
さらにシェラが買ってきた深紅のサテンを胸から
下の胴体に巻き付けてかたちを整え、大きな布地は
王妃の足首までを覆い隠す細身のドレスになった。
後はシェラの仕事だった。王妃の瞼や目元に赤や
紫の濃い顔料をのせて、睫毛《まつげ》の生えぎわをくっきり
黒い線で縁取る南国風の化粧を施し、腰に金細工の
帯を巻き、刺繍を施した布の靴を履かせ、鮮やかな
花模様の更紗を頭からすっぽり被せて顔の下半分を
覆い隠すようにした。
これで異国の風体をした少女の出来上がりである。
ロザモンドとシャーミアンはその早業にあっけに
とられながら、自分たちもおそるおそるスカートを
からげて太股に短剣をくくりつけた。
その間、シェラは礼儀正しく視線を外していた。
本当は手伝うところだが、自分を男と知っている
シャーミアンは手伝ってなどほしくないだろうし、
ロザモンドは王妃の侍女に身支度を手伝わせるのは
申し訳ないと思ったのか、何も言わない。
シェラ自身も帽子を召使いのものに替え、胸元の
飾りを取って、シャーミアンと同じようなエプロン
ドレスを重ね着していた。たったそれだけで立派な
召使いの出来上がりである。
支度が調うと、彼女たちは表通りへ出た。
そこにはキャリガンと、ラモナ騎士団の若い騎士
ジョシュアが待っていた。

ジョシュアは民家に勤める従僕に変装していた。

変装した王妃を見て、ちょっと驚いたようだが、踵《かかと》を合わせて敬礼する。

「少々問題が発生しました」

「どんな?」

「館の裏口を押さえよとの団長の指示でしたが……裏口がわかりません」

その占い館は袋小路の突き当たりにある。

その突き当たりはちょっとした広場になっており、長屋形式の建物が広場の縁をぐるりと囲んで建ち、問題の館もその長屋の中にある。

袋小路に入ってしまうと背後には出られないので、大きく迂回して、他の道から問題の建物の真後ろに回ったが、そこにあったのは例によって大きな石の塊のような壁で、何枚もの扉が張り付いている。

「扉は全部で十二枚ありました。そのどれが問題の家の裏口なのかわからないんです」

「わかった。じゃあ壁ごと見張るしかないな」

「しかし、妃殿下。それでは著しく確率が落ちます。時間を無駄にすることになりませんでしょうか」

「十二枚をいちいち調べるほうがもっと無駄になる。おまえたちはそこから慌てて飛び出してきた人間を逃がさないようにしてくれればいい」

「はっ!」

ジョシュアはもう一度敬礼した。

一方、キャリガンは悲痛な顔で言ったものだ。

「妃殿下……自分がさっき見た二人連れは、本当に姉とナシアスさまの妹さまだったのでしょうか?」

「それはこっちが訊きたい。ただ、今日のポーラとアランナが召使いに変装していたのは間違いない。襟と袖口の白い明るい水色の服を着て、白い大きな帽子を被って顎の下で結んでいた」

騎士見習いの少年は唇を噛んでうつむいてしまう。

そんなキャリガンをジョシュアが軽くこづいた。

「おまえは何を見ていたんだ。自分の姉上だろう。その場にいたのが俺だったらポーラさまはともかく、アランナさまを見違えたりは決してしなかったぞ」

「そんなこと言われても……だいたいどうして姉は――ナシアスさまの妹さまもです、召使いなんかに変装してたんですか？　自分らのような探索任務に必要だからというわけでもないのに」

王妃はちょっと苦笑した。

ポーラの買い物の本当の目的を言おうものなら、それがバルロの耳に入ろうものなら、イヴンはこの先ずっとバルロの玩具《おもちゃ》にされるし、自分はイヴンに絶縁されるのは必至である。

「今日はポーラのお休みなんだ。王宮勤めは何かと肩が凝るから、息抜きしようとしたんだよ」

「あのような店《ところ》に入るのが息抜きですか？」

「女の人は占いが好きらしいからな。――それより、二人とも手筈はわかってるな？」

「はっ」

行商の少年と若い従僕は今度こそ背筋を伸ばして、直立不動の姿勢をとった。


先陣を切ったのはロザモンドとシャーミアンだ。

二人は先程と同じように袋小路を進み、正面から『愛の秘薬と神秘の館』の扉をくぐったのである。

奥から出てきたのは先程と同じ女だった。

見送ったばかりの二人がすぐ引き返してきたので、さすがに訝しそうな顔をしている。

ロザモンドは演技にかけてはまったくの素人だ。

特に今はポーラとアランナを案じるあまり表情も険しくなっている。殺気立つ心を抑え、語調だけはかろうじて神妙に装って訴えた。

「このままでは納得できません。ぜひとももう一度、お話を聞いていただきたいのです」

シャーミアンも無言で頷いた。

燃えるように輝く眼を、ひたと女に当てている。

見るからに剣呑な雰囲気だが、女はその様子を、暴力的な夫のことでそれだけ思い詰めているのだと解釈したらしく、再び奥へ通してくれた。

ロザモンドとシャーミアンが館の中へ入ったのを見届けて、今度は王妃とシェラが袋小路を進んだ。

王妃は被りものですっぽりと顔を隠し、うつむき加減に足を進めている。いかにも勝手のわからない異国に戸惑い、心細さを感じている少女に見える。

そんな王妃に寄り添っているシェラはと言えば、献身的な付き添いの侍女というところだ。

二人は『愛の秘薬と神秘の館』の木戸をくぐり、先の二人と同じように案内の女に占いを頼み、奥の個室に通された。

顔を隠したままの王妃は個室に入って、席に腰を下ろしても、うつむいたまま口を開こうとしない。

代わりにシェラが重い口を開いた。

「実はこちらは、南方の……お国とお家の名前は訳あって申し上げられませんが、王家にも血の繋《つな》がる高貴な姫君でいらっしゃいます」

二人の前に現れたのは痩《や》せぎすの、四十がらみの女占い師だった。鷹揚に頷いて話の先を促した。


シェラはそれに応えて、この姫《かた》の曾祖父《そうそふ》の代までこの姫のお家は非常に栄え、王家にも親しく仕えていたのに、どうしたものか祖父の頃から家運が傾き、没落が始まった。この姫の父君は何とかしてお家を再興しようとしていらしたのだが、その父君が先日、病《やまい》で亡くなられ、親類にも不幸が続き、この姫はこの世に頼れる人を持たない天涯孤独の身になってしまったのだと、沈痛な面もちで語ったのである。

「この姫は以前お家にご奉公していたわたしの母を頼って、この遠い異国までいらっしゃったのですが、わたしの家も裕福とは言えず、充分なお世話をすることもできません。いったいこの姫をこれからどのようにしてさしあげればよいのか、ほとほと途方に暮れております。そもそもこれほどご不幸ばかりが続くのはおかしい、もしかしたらご先祖に何らかの因縁があり、その業《ごう》がこの姫を苦しめているのではないかと、そのことにようやく思い当たりまして、是非ともご助言をいただきたく参りました」

この間、王妃はずっと沈黙していた。被りものを顔の前で引き締めたまま、悄然《しょうぜん》とうなだれている。

シェラもそんな王妃を気の毒そうに窺いながら、小声でしきりと励ましの言葉をかけている。

ロザモンドとシャーミアンのぎこちない仕草とは比べものにもならない。何しろ、片や入念な訓練を積んだ変装と演技の達人、片や本能的な野性の勘で何にでも化けられる特技の持ち主である。

「さ、姫さまも、ご挨拶を……」

まだ身体を硬くしている『姫君』に『付き添いの召使い』は被りものを取って顔を見せるように促し、応えて花柄の更紗の下から現れたのは周知の通り、つい先日、大陸中の要人にため息を吐かせた花の顔《かんばせ》である。

しかし、あの時とはまったく様子が違っている。

コーラル城の大広間に現れた王妃は燦然《さんぜん》と煌《きら》めく、華麗で冷たい金剛石の花のようだった。

今はさながら南国の太陽の下に咲き誇る鮮やかな赤い花である。だが、度重なる悲しみと心細さとに打ちのめされて、その花も幾分しおれがちに見える。

異国の化粧を施した『姫君』は眼を伏せながら、占い師に向かってそっと頭を下げた。

「よろしう、お頼みを……」

低く言うのがやっとだった。嗚咽《おえつ》を堪《こら》えるようにまたうつむいてしまう。

占い師の女は何度も頷いていたが、大仰な仕草で手元の水晶玉を覗き込み、難しい顔で首を振った。

「確かに、この方のご不幸はご先祖の業に起因しているようです。しかも、ご先祖の業は恐ろしく深く、このままではこの方もその業から逃れられぬこととなるでしょう」

「ええっ……?」

侍女は腰を抜かさんばかりに驚いた。

絶望の表情がその顔に色濃く現れている。

姫君も思わず顔を上げて、すがりつくような眼を占い師に向けた。

そんな二人に占い師は力強く断言した。

「恐れることはありませんぞ。確かに、なまなかなことではこの因縁を断ち切ることはできぬでしょう。わたしよりもっと力のある占術師にみておもらいになる必要がありますが、あなた方はお運がよろしい。ちょうど今、この館に、中央でも随一のお力を持つ偉大なるお方をお迎えしておるのです」

「まあ！　ありがたいこと。ぜひそのお方に……」

侍女は熱心に訴え、姫君も頷き、そうして二人は二階に案内された。

ロザモンドとシャーミアンの言葉どおり、内部はひどく入り組んでいた。階段も狭く、二階の廊下も迷路のようで、階段まで戻る道順すら間違いそうだ。

姫君と侍女は壁を暗幕で覆った客間に通された。

真っ暗な中に燭台の灯だけが揺らめいている。

長椅子に並んで腰掛けた二人は不安そうな表情で身を寄せ合っていたが、内心はまったく違う。

シェラは油断なく周囲の様子に気を配っていたし、王妃は何か仕掛けてくるならさっさとやってくれと待ちかまえていたのである。

先の占い師はありもしない先祖の因縁を肯定してみせた。大いに怪しいが、占いとはこちらに都合のいいことを言って迎合する要素が多分にあるものだ。

これだけでは『黒』とは決めつけられない。

それよりは今の王妃の姿と身上《しんじょう》がものを言う。

王家にも血がつながっている高貴な身分、抜群に眼を引く美貌に加えて身よりもない。投書にあった人身売買組織にとって願ってもない獲物のはずだ。

これだけの『上玉』が飛び込んできて何の反応も見せなかったら、この館は行方不明の三人とは何の関係もないと思っていいと、王妃は言い切った。

没落した姫君の役はシェラのほうが向いていると王妃は主張したが、シェラは自分が姫君をやるのはかまわないが、逆に『主人の不幸を嘆いて同情する侍女の役』は絶対に王妃には向いていない、それは自分のほうが適役のはずと、至極もっともな事実を指摘した。

部屋の扉が開き、女が入ってきた。

三十がらみの落ち着いた物腰の小間使いだ。

「今しばらく、こちらでお待ち下さいませ」

言いながら二人に供してくれたのは茶ではなく、濃厚な甘い香りの漂う果実酒である。

二人は勧められるままに酒杯を取ったが、それを口元に持っていった姫君の手がぴたりと止まった。

侍女を見て、にやりと笑った。

「当たりだ」

頷きを返した侍女は口をつけなかった酒杯を机に戻した途端、眼にも留まらぬ早業で小間使いの女の背後を取って、スカートの中から引き抜いた短剣を女の首筋に押し当てて低く言った。

「大声を出すと刺しますよ」

一陣の風のような動きだった。小間使いには何が起きたのかわからなかったに違いない。愕然と立ちつくしたが、刃物を突きつけられているとようやく悟って、その顔から見る見る血の気が引いていった。

「客人に眠り薬を盛ろうとは感心しない礼儀ですね。他にもこの館で眠り薬を盛られた人がいるはずです。その人たちはどこです？」

「存じません。わたしは何も……存じません！」

「嘘をつくな」

王妃だった。被りものを投げ捨て、踝《くるぶし》まで覆う布地の裾《すそ》をからげて、愛用の剣を引っさげている。

その視線の鋭さに小間使いは再度すくみ上がった。つい先程のうなだれた姫君と同一人物とはとても思えない、こちらの心の底まで貫くような眼の光だ。

「おれを眠らせてどうするつもりだった？」

「いえ、それは……」

「質問に答えろ。眠らされた女たちがどうなったか、おまえは知っているはずだ」

こういう時の王妃は心底恐ろしい。

別に凄みを利かせているわけではない。

当たり前のことを当たり前に言う語調だが、口にしたことは必ず実行すると態度で知らしめている。

その揺るぎない決意こそが真に恐ろしかった。

「言いたくないのなら言わなくていいぞ。おまえを殺して他のやつに聞く」

小間使いは青くなってもがいたが、シェラがその腕をがっちり捕まえているから逃れようがない。

死に物狂いで首を振った。

「こ、ここにはおりません！　今さっき——ほんの今し方、運び出されていったんでございます！」

「どこへだ？」

「存じません。本当です！」

首筋に当たる刃の感触に震えながらも小間使いは必死に語った。ここは女たちを蓄えておく場所で、代金と引き替えに取引相手に渡した後のことは何もわからないというのである。

「たった今、運び出されたって？」

「は、はい。ほんの一足違いのところで……」

唇まで血の気を失ってわなわな震えている。

嘘を言っているようには見えなかった。

王妃は眼でシェラに合図した。

シェラも眼だけで応えると、捕まえた女の首筋を手刀で打った。

女は一瞬で意識を失い、その場に頽《くずお》れた。

ロザモンドとシャーミアンは先程と同じ小部屋でひたすら粘《ねば》っていた。今度は侍女のシャーミアンも一緒に小部屋の中へ入り込み、二人してくどくどと『旦那様』の仕打ちを嘆きながら、館の中に異変が起きるのを今か今かと待ちかまえていた。

ここが悪党どもの巣だとはっきりしたら、自分が騒ぎを起こす。その時は応援を頼むと王妃は言って、二人を遊撃に送り込んだのだ。

どんな騒ぎがいつ起こるかわからない。

そのため、二人とも時間稼ぎに徹していた。

女の愚痴《ぐち》は長くて切りがないと決まっているから、できるだけ話を蒸し返せとも王妃は言った。

二人はその指示に従って、占い師の言葉に適当に相槌《あいづち》を打ち、うんざりするくらい同じ話を繰り返しながら時を待っていた。

そして、ただならぬ物音が聞こえた。

館内の空気が急に慌ただしくなり、二人ははっと顔を見合わせた。

「シャーミアンどの」

「ええ、ロザモンドさま。出番のようです」

そうとわかれば躊躇ってはいられない。二人とも勢いよくスカートをからげて剣を引き抜いた。

シャーミアンは部屋の扉を押さえ、ロザモンドは目の前の占い師に襲いかかったのである。

「裏口はどこだ?」

厚化粧の女占い師は絶句していた。

信じられないものを見る眼で、地味な衣服を着た下級貴族の妻を見つめている。

廊下を窺っていたシャーミアンは、騒ぎが二階で起きているらしいと判断すると、室内に戻って鋭く問いただした。

「裏口に案内しろ。どこから行ける? 外の廊下か。それともこの壁の後ろにある通路からか」

鼻先に鋭い切っ先を突きつけられて占い師は震え上がった。外の廊下から行くのだとしどろもどろに話し、二人は占い師を引きずり立たせて廊下へ出て、占い師の案内で裏口を目指した。

その途中で、騒ぎを聞きつけたのか、人相の悪い屈強な男たちが突然、一同の前に立ちはだかった。

全員が抜き身の長剣を提げている。

占い師の女に短剣を突きつけている二人を見て、その男たちは血相を変えた。

「あっ!」

「こいつら!」

こんな男たちを飼っているということは、やはりここはまともな占いの館ではないわけだ。

占い師が叫ぶ。

「この女たちを早くおとなしくさせておくれ!」

男たちは言われる前から突進してきた。

相手は若い女が二人である。

最初から殺すつもりはない。武器を叩き落として、すぐ『おとなしく』させるつもりだったのだろうが、シャーミアンがすっと進み出た。

振り下ろされた男の剣を見事な身のこなしで躱《かわ》し、逆にその男の左肩に斬りつけて悲鳴を上げさせた。

さらには流れるような一動作で剣を翻《ひるがえ》し、別の一人の顔面をすぱっと斬った。

浅い傷だが、こやつも悲鳴を上げ、剣を投げ捨て、血塗《ちまみ》れになった顔を押さえてのたうち回った。

一方ロザモンドは占い師をいったん突き飛ばして大きく踏み込むと、電光のような早業で一人の足を斬り払っていた。

「ぎゃあっ！」

大腿部《だいたいぶ》を斬られた男が悲鳴を上げて倒れる。

続いて突っ込んできた男の一撃をひらりと躱して、ロザモンドは男の背中を短剣の柄で強打した。

男はつんのめるように廊下に倒れたが、しぶとくもがいているので、首の急所を打って気絶させた。

相手は長剣、こちらは短剣しか握っていなくても、シャーミアンは国内随一の闘将と名高いドラ将軍に、ロザモンドはタンガとの国境争いに長年戦い続けたベルミンスター公爵に、それぞれ直々に手ほどきを受けた女騎士である。

こんな怪しげな場所に巣くう用心棒ごときとは、そもそも剣筋の正しさが違う。

あっという間に四人の男を片づけると、二人とも片手でスカートを握りしめながらぼやいた。

「どうにも裾が邪魔で、動きにくくていけません。踏みつけるかと思いました」

「わたしのほうはどういうわけか、思うように腿《もも》が上がらないのだ。危うく転ぶところだった」

「それはきっとロザモンドさまのスカートは細身に仕立ててあるからですわ」

「やれやれ、女の衣服は何かと面倒な……」

大いに嘆きながら、ロザモンドは再び女占い師を捕まえて引きずり立たせた。

この女は立ち回りの間、腰を抜かして通路の端にへたり込んでいたのである。


それからしばらくして——。

『愛の秘薬と神秘の館』の表玄関が開き、出入りの行商らしい少年が血相を変えて飛び出してきた。

火がついたような勢いで広場を突っ切って行く。

広場に並ぶ露店の店主や買い物客は、その様子をぽかんと見送った。

少年はすぐさま引き返してきた。

それも立派な身なりの医者と、市の警護に当たる警備兵を引き連れて戻ってきたのである。

あっという間に『愛の秘薬と神秘の館』の前には兵隊の壁ができてしまった。

何人たりとも中へは通さない構えである。

まだ若い医者だけが家の中へ入っていった。

物見高い見物人が三人四人と集まって、いったい何が起こったのだろうと、ひそひそ囁き合いながら家のほうを窺っている。中には兵隊の壁の隙間から扉の奥を覗こうとする女たちもいたが、やがて家の中から医者が出てきて、群衆に向かってこう言った。

「この家に流感の患者が出た。近づいては危ない。すぐにここから立ち去るように」

流感が恐ろしい病気であることは誰もが承知している。強い伝染性があることも、効果的な治療法がないこともだ。

見物人たちは悲鳴を上げて、たちまち蜘蛛《くも》の子を散らすようにいなくなった。もちろん露店の店主も大慌てで店じまいを始めた。

まだ陽は高くても、こうなってはとても商売などしていられない。

人々が逃げ去り、広場ががらんと静まり返ると、医者に変装したナシアスは兵隊の壁を振り返って、兵隊長に頷いてみせた。

　堂々たる体格の兵隊長は顔を覆い隠していた兜《かぶと》をちょっと上げてみせた。

　この兵隊長、バルロである。

「半数は俺と一緒に来い。残りはこの場を維持しろ。誰も通すな」

　手短に命じて、バルロはナシアスとともに屋内に踏み込んだ。

　店舗の奥からロザモンドとシャーミアンが現れて二人を出迎える。

　彼女たちに裏口を押さえさせ、その場に待機していたキャリガンを引き入れて表の入り口からわざと飛び出させたのは王妃の思案だ。

　もう一人そこにいたジョシュアは騒ぎが起きたと同時に、裏口に続く道に待機していた別働隊へ走り、道を封鎖させたのである。

「相変わらず悪知恵の回ることだ」

　バルロは皮肉に呟いたが、妻の働きを称えるのは忘れなかった。

「お見事。さすがはベルミンスター公爵どのだ」

　しかし、ロザモンドは青い顔で首を振った。

「よくはないのだ。ダルシニどのとアランナどのがいらっしゃらない」

「何だと？」

　血相を変えた二人にシャーミアンが説明する。

「妃殿下が館の女から聞き出しました。この館には間違いなく女性たちが捕らえられていたそうですが、つい先程、運び出されていったとのことです」

「先程ですと？」

「はい。もちろんその女が嘘をついている可能性もありますが、館の中は残らず捜索しました。ですが、お二人の姿はどこにも……」

　シャーミアンの表情も硬い。ロザモンドが後ろを振り返って続ける。

「ラモナ騎士団の若者にも確認したが、絶対に誰も裏口からは出ていないと断言した。――サヴォア公、念のために伺うが、表玄関のほうは？」

「出てくれば一本道だ。路地の入り口を固めていた俺たちに見咎《みとが》められずにすむはずがない」

忌々しそうな舌打ちを洩らしたバルロだが、その顔は厳しく引き締まっていた。

こともあろうに従兄《あに》が寵愛している女性と友人の妹が行方不明なのだ。

ナシアスの顔色も蒼白に近い。

そんなナシアスを慮《おもんぱか》ってか、シャーミアンが急いで話しかけた。

「ナシアスさまが言われたように、必ず別の出口があるに違いないと妃殿下がおっしゃって、今それを捜していらっしゃいます」

バルロが頷いて、自らに気合いを入れ直した。

「よし。そちらは王妃に任せよう。まず、この家を調査することだ。ここが人身売買組織の拠点なのは間違いないのだからな」

ロザモンドも勇ましく言った。

「館の女たちは一室に押し込めてある。他に面妖な男たちがいたので倒したが、殺してはいない」

「上出来だ」

それからバルロの指揮の下、取り調べが行われた。

ロザモンドたちが倒した用心棒の他に、占い師や小間使い、従僕など、合計二十人ほどがこの穴蔵のような家の中にいたが、その全員が、ここで誘拐が行われていた事実は認めたものの、女たちの行方は知らないと言い張った。

攫った女たちを引き渡していた相手に関しても、

「身元は存じません……。向こうがいつも決まった時間に来て、女たちを運び出していくだけで……」

「そもそも、今回のことは全部、その連中から持ちかけてきた話なんでございます。うちは貴族の女の客も大勢いるだろうからって……」

自分たちは客の女たちを引き渡していただけだと弁明に終始したが、バルロは冷たく言い放った。

「それが罪を逃れる言い訳になると思っているのか、馬鹿め」

そこにラモナ騎士団の一人が急ぎ足でやって来て、バルロとナシアスに王妃が呼んでいると告げた。

行ってみると、王妃は一階の台所にいた。

裏口の傍につくられた台所はかなり広く、片隅に生活の道具をしまう大きな納戸がある。

王妃と侍女は納戸の戸を開け放って、中の品物を全部外に出していた。掃除用具や牛の乳を攪拌《かくはん》する道具などだが、軽いものばかりである。

空っぽになった納戸の床を王妃が叩くと、なぜか空虚な音がする。

「この下だ」

この床板は土間に埋め込んであるものではない。ただの蓋《ふた》で、下に開いた穴を塞ぐ恰好でかぶせてあるだけだ。

板を取り除くと、石の階段が現れた。

下は真っ暗である。

王妃が兵士の手から照明を取り、階段を下った。

シェラがすかさず後に続く。バルロもナシアスももちろん続いた。

二十段ほどの石段を下りると地下通路が現れた。

床は石で、壁は煉瓦で舗装《ほそう》した立派な地下道だ。

湿気や異臭もほとんど感じない。曲がりくねった地下道をしばらく進むと、上り階段が現れた。

階段の上の出口はやはり板で塞がれている。

「ずいぶん本格的だな」

王妃の呟きにバルロが応えて言う。

「開けられるか、王妃？」

「大きな男が二人もいるのに、何でおれに力仕事を押しつけるんだ？」

「それはもちろん、この場で一番の力持ちがあなただからに決まっている」

「威張って言うな」

ぼやきながらも王妃は両手で板を押し上げたが、剛力を発揮する必要はなかった。板は至って簡単にらくらくと持ち上がった。

出たところはやはり掃除道具の収まった納戸だが、

さっきの納戸ほど広くはない。

狭い納戸の外へ出ると、目の前に左右に分かれた通路があった。

王妃とシェラは左手に進み、バルロとナシアスは右手に進んだ。左手の通路は途中で一度曲がって、その先は店舗になっていた。

先程のような真っ暗で怪しげな店ではない。

店構えは小さいが、高級絨毯《じゅうたん》を取り扱う店舗のようだった。きちんと丸めた大小の絨毯が店の壁に立てかけられ、床はぴかぴかに磨き上げられている。

シェラが扉を開けて外を見ると、そこはさっきの占い館から西に位置する一角で、目の前にあるのは人通りも多く、馬車の行き来も盛んな大通りだ。

王妃たちはキャリガンとジョシュアが立っていた裏口の下を通り過ぎてまったく別の通りに出てきてしまったことになる。

これでは玄関と裏口を見張っていても何の意味もないわけだ。


一方、騎士団長二人が進んだ右手の通路は店舗の裏口に続いていた。

こちらは表通りとは打って変わって人気《ひとけ》が少なく寂しい通りである。

この店が怪しげな一味に荷担していることはもう間違いない。すぐさま奥を捜索したが誰もいない。

店主の姿も見あたらない。占いの館で起きた流感騒ぎを聞きつけて、危険を察して逃げたと思われた。

ここで一同は歯がみしたのである。

完全に手がかりが失われてしまったのだ。

王妃が夕焼けの迫る空を見上げて顔をしかめる。

「まずいな。暗くなったら警備隊を引き上げなきゃならないぞ」

「何をおっしゃいます、妃殿下。夜《よ》を徹して捜索にあたらねば！」

地下道を通ってきたロザモンドが語気を荒くして王妃に迫ったが、王妃は首を振った。

「やれと言ったって兵隊が動いてくれないだろうよ。

夜中の魔法街をふらふら出歩くのはよほどの阿呆《あほう》か命知らずだけだ」

「そんな！」

シャーミアンも悲鳴を上げる。

「魔法街のそうした噂は耳にしたことがありますが、あれは単なる風説ではないのですか？」

「いいや、夜の魔法街は普通の人間が歩けるところじゃない。何人も被害が出ている。おれたち以上に地元の警備隊はそれを知り尽くしている。空っぽの建物に泊まって留守番をしろというならともかく、通りに出るのは絶対にいやだと言うだろうよ」

二人の女騎士は救いを求めるような眼をバルロに向けたが、現実主義者のティレドン騎士団長も苦い顔で肩をすくめている。

彼は口先だけの呪いも魔法も信じない。

しかし、すべての不思議を迷信と退ける気はない。

現に彼の目の前にいる人は――その人の持つ剣は、妖術としか思えない力を発揮する。バルロはそれを自分の眼で確かめ、自分の肌で体験していた。

「だが、王妃。それではポーラどのとアランナどのはどうなる？」

「向こうに戻ってもう一度連中を締め上げてみよう。自分では意識していなくても何か重要な手がかりを知っているかもしれない」

王妃は言って、考える顔になった。

「それより、いっそのことこのまま夜を待とうか？　おれが本家本元の魔法街へ出かけて二人の居場所を占ってもらえば……」

「馬鹿なことを言うな。それでは一晩を無駄にすることになる。従兄上《あにうえ》にどう申し上げるおつもりだ」

「それを言うなよ。頭が痛いんだ」

冗談めかして言った王妃だったが、実際は激しい焦燥《しょうそう》を感じていた。

あの男は自分を信じてポーラを頼むと言ったのに、自分はその気遣いを心配性だなと笑い飛ばしたのに、この体たらくである。

今の段階ではあの男の耳には入れたくなかったが、陽が暮れても彼女たちが見つからなかったら、言わないわけにはいかなくなる。

厳しい顔で地下道へ戻ろうとして、王妃は侍女を振り返って言った。

「ここの主人について周辺に聞き込みを頼む」

「お任せください」

王妃の沈痛な表情がシェラには辛かった。

自分がついていていながらみすみす二人を見失うとは地団駄を踏む思いだった。

シェラもまたポーラとアランナには温かい感情を持っている。自分が愛情には縁のない子ども時代を送ったせいか、すくすくと明るく育ったあの人たちを見ていると気持ちがいいのである。無事であってくれるといいのだがと祈るような思いでいた。

外に出たシェラはいかにも当惑した様子をつくり、絨毯を見せてもらいたいのに店の主人が留守にしているようだけど、どうしたのかしらねと、隣近所に聞いて回った。

「いないって？　珍しいね。この時間なら店の奥にいるはずなんだけど。まさか店を開けっ放しで帰るわけもないしねえ？」

朗らかに言ったのは右隣のパン屋の女主人だった。

絨毯の店の主人は三十五、六の独り者だという。

いつも一人で店の番をしており、通いの召使いもいないという。家は別にあるようで毎朝やって来て日暮れには帰っていくが、その家がどこにあるかは聞いたことがないという返事だった。

パン屋の女主人に愛想良く礼を言って別れた後、何気なく下に落とした視線の先に、シェラは自分のものではない長い影を見た。

「捜しものか？」

行方不明の二人が気掛かりで神経が高ぶっていたシェラには抑えが利かなかった。

振り向きざま、袖の中に隠していた掌《てのひら》ほどの手裏剣を引き抜いて斬りつけていた。

その鋭さは尋常のものではなかったが、まともに食らう相手ではない。

似たような手裏剣でこの一撃を難なく受け止めて、呆れ顔で言って寄越した。

「物騒な侍女だな。路上だぞ」

紫の瞳に炎を燃やして、シェラはヴァンツァーを睨み据えた。

「おまえ……！」

怒りのあまり、言葉もうまく出てこない。

まったく気配を感じさせずに背中を取れる。

それはつまり、いつでも殺せるという意味だ。

事実この男はシェラを殺そうとしている。殺せるだけの技倆も持っている。機会も何度もあったのに、一向に実行に移そうとしない。それどころか、今もこうやって遊んでいるとしか思えない真似をする。

敵に弄《もてあそ》ばれるのは己の技倆が不足だからだ。

反省すべきは己の未熟であるとわかっていても、わかっているからこそおもしろかろうはずがない。

だが、シェラは手裏剣を引いた。

この男の言うことが正しかったからだ。日暮れが迫っていても辺りはまだ明るい。人通りも多い。侍女姿の自分が武器を振り回しているところなど見咎められるわけにはいかないのだ。

シェラが引いたのでヴァンツァーも武器を収めた。

彼には最初から戦う気はないようで、怒りに頬を染めているシェラを静かに見下ろしている。

落ち着き払ったその顔に見られているのがいやで、シェラはあえて背を向けた。この男に仕掛けてくる気がないなら大胆に背中を向けても問題はないし、この男に関わっている場合でもない。

ところが、声が追ってきた。

「誘拐された女たちならシッサスに運ばれたぞ」

シェラの足が止まった。

一瞬で凍りついた頭脳を高速で回転させながら、ことさらゆっくりと振り返る。

表情の消えたその顔は白い陶器のようでもあり、

鋭い刃金《はがね》のようでもあった。

「おまえの言うことなど、どうして信じられる?」

「信じるも信じないもおまえの勝手だ。俺は事実を話しているだけだ」

「……それが事実だとして、どうして教える?」

男は気怠《けだる》そうに肩をすくめた。

「これほど大騒ぎをするということは、例によって、王妃にとって大事な女が罠《わな》にかかったのだろうと、レティーが言うからな」

「あの男が、教えてやれと?」

「そうだ。どうやら、おまえの主人に恩を売りたいらしい」

「恩に着てくれるような人じゃないぞ……」

「俺もそう思う」

どこまで本気で言っているのか疑わしいが、男は笑って頷いた。

「あれは獣だ。獣は人がいくら恩を掛けても義理に感じたりしない。それがわからないらしいところが惚れた弱みだな」

「よけいなことまで言うんじゃねえよ」

ぎょっとして振り返った。

歩いて来たレティシアは悠然とシェラを追い越し、ヴァンツァーを軽く睨みつけ、拳をつくって長身の男の腹を打つ素振りをしたが、ヴァンツァーはその手を触れさせることはしなかった。用心深く身体を離した。

レティシアの猫の眼がシェラを振り返って笑い、ヴァンツァーと同じことを言った。

「信じる信じないはおまえの勝手だけどさ。ここで扱う女たちは一度シッサスの売色宿に運ばれてから国の外に出荷されてるんだよ。エルロイ通りの『紅椿《べにつばき》』って店だ。早く行ってやんな」

立ちつくすシェラを残して、レティシアはヴァンツァーと連れ立って悠然と歩み去った。


地下通路から飛び出してきたシェラが慌ただしく

語るのを聞いて、王妃は即座に『行ってみよう』と断言した。

「彼らの言うことが事実だと思いますか？」

「あの男がそんな嘘を言う理由がないとは思ってる。おれをおびき出す罠にしてはいかにも変な場所だ」

実のところシェラも王妃の意見に賛成だったが、大変だったのはその場にいた人々の説得である。

バルロとナシアスは捕らえた占い師たちを厳しく尋問《じんもん》していたし、女性陣も手がかりを求めて家中を捜索していた。

そこへ王妃がいきなり、

「攫われた人たちはシッサスの『紅椿』って娼館にいるらしい」

と言ったのだ。全員、見事に絶句した。

バルロもナシアスもロザモンドもシャーミアンも血相を変えて王妃に迫ったのである。

「いったいどうしてそれがわかったのです？」

予想済みの問いだが、王妃は言葉に詰まった。

レナを殺した男から聞いたとは言えない。

何しろこの一件に関してはあの国王でさえ、いい顔をしないのである。

正直に言えば二人の怒れる騎士団長と、ポーラとアランナの身を案じるあまり殺気立っている女騎士二人を相手にしなければならない。

いかなデルフィニアの妃将軍といえどもいささか勝ち目の薄い戦いだ。

四人は息を呑んで王妃の言葉を待っている。

シェラもはらはらしながら王妃を窺っている。

傍目にはわからないほど小さな焦燥と短い思案の末、王妃は開き直って胸を張った。

「現世のハーミアの言うことだ。信じろ」

女性たちはともかく、バルロとナシアスは疑惑もあらわな眼を王妃に向けてきたが、それが本当ならくどくどと議論をして時間を潰《つぶ》すのは愚の骨頂だ。

ただちに警備兵に命じて馬を用意させた。

ドレス姿のロザモンドとシャーミアンはいつもの

ように颯爽《さっそう》と馬にまたがれないので、ロザモンドはバルロの後ろに、シャーミアンはナシアスの後ろにそれぞれ横乗りに収まった。

王妃だけは平然と馬にまたがり、シェラを後ろに乗せてシッサスに急行した。

ジョシュアとキャリガンらも後に続く。

しかし、こんな物騒な一団が地響きを立てて玄関前に押し寄せてきたら、怪しくないものまで慌てて逃げ出してしまう。先程の魔法街の占い館のように隠し通路が設けられている可能性もある。

今度は絶対に取り逃がすわけにはいかないので、一行はまず、シッサス界隈を担当している警備隊の詰所に向かった。

もめ事の多い地区だけに警備の数も多く、巡回も頻繁に行われている。

詰所の兵士にエルロイ通りについて尋ねてみると、繁華街のシッサスでもそこはまさに花街であって、娼館ばかりが軒を連ねているという。

王妃は舌打ちした。

ロザモンドとシャーミアン、シェラを示しながら、屈強な兵士に訊いた。

「そこにおれや、この三人が行ったらどうなる？」

「えっ⁉」

「いや、それは……」

兵士たちは明らかに狼狽《うろた》え、途方に暮れた様子で互いに顔を見合わせている。

王妃にはそれで充分だった。もう一度舌打ちした。

「どうやら今度は男でないと入れないところらしい。女がそこを歩いていたらそんなに目立つか？」

「いえ、あの……、女の姿がまったくないわけではありません。いることはいるのですが……」

「あの界隈にいる女というのはその、酌婦《しゃくふ》や娼婦ばかりでして……」

ひどく言いにくそうだった。貴婦人が足を向けるようなところではないというのだろう。

しかし、近づかなければ話は始まらない。

女騎士たちの決断は早かった。自分たちが酌婦に化けるのは難しい。ならば男になればいいのだ。

普通の女性は抵抗のある男の衣服も彼女たちには馴染んだものである。警備の兵士に頼んで着替えを借り受け、兜を被って髪を隠した。

少々華奢《きゃしゃ》だが、これで巡回の兵士に見える。

王妃は詰所の小者から服一式をはぎ取り、頭には布を巻いて少年になりきった。

シェラは近くの料理屋の女将《おかみ》に話を通してもらい、衣服と化粧道具を借りて支度を整えて、あっという間に濃艶《のうえん》な酌婦の姿になった。

その様子を見て、バルロが呆れたように言う。

「これはまたとびきりの美女すぎるな。少しは不細工につくらんと、道行く酔漢に絡まれるぞ」

「団長が連れて歩けばいい。それならシェラに手を出そうなんて考える物好きはいないだろうよ」

王妃を含めて女性三人が（はたして王妃を女性のうちに数えていいのかどうか疑問だったが）男装し、実は少年のシェラが女装するというのも変な話だが、似合っているだけに文句も言えない。

ジョシュアとキャリガンは眼を白黒させて今度は小者に扮した王妃を眺め、艶《あで》やかな酌婦に変装したシェラを眺め、警備兵に姿を変えたロザモンドとシャーミアンを眺めている。

キャリガンはひたすら感心した様子で、ぽかんと見入っていたが、ジョシュアはシェラが男だという事実を知っているだけに、眼を疑っていた。

どう間違っても男には見えないからだ。

バルロは兵隊長の外套と兜を外して非番の兵士に身なりを変え、ナシアスも医師の上着を脱ぎ捨てて、画学生の姿に戻った。

空を真っ赤に染めていた太陽は西の地平に沈み、雲に照り映《は》えていた残照もそろそろ消えつつある。代わって星々が藍色の空に輝き始めていた。

まだ宵《よい》の口だというのにシッサスは既にかなりの

賑わいを見せていた。

　さすがはコーラルに入港した水夫たちがこぞって駆けつけると言われる繁華街だけのことはある。

　その中でも、娼館が多く立ち並ぶエルロイ通りはもっとも人気の高いところだ。

　一口に娼館と言っても色々な種類や格があるが、この通りの娼館の特徴は庶民的なことだろう。

　ほとんどの娼館は一階の一部が酒場になっていて、男はここで酒を一杯頼み、居並ぶ女たちを物色する。

　気に入った女がいれば部屋に呼び、気に入る女がいなければ酒代だけを払って他の店へ行く。

　格式にやかましいペンタス辺りのそれと比べると、実に手軽な遊び場なのだ。

『紅椿』はエルロイ通りの半ばにあった。

　なかなか立派な店構えで、一階の酒場には何人か客が入っている。

　その様子を横目で確かめつつ、警備兵に変装したロザモンドとシャーミアンは店先を通り過ぎた。

　警備兵が玄関前に立ち止まったりしたらそれこそ怪しまれてしまう。

　バルロは片手にシェラの肩を抱いて、ぶらぶらと進みながら連れのキャリガンをからかっている。

　ナシアスとジョシュアはこうした場所へ来るのが慣れていない風情で（実際この主従は遊里《ゆうり》などには無縁だったので）物珍しげに辺りを見渡している。

　この界隈ではごく当たり前に見られる光景だ。

　王妃は雑用に働くふりをしながら建物の裏に回り、辺りの様子を確かめて戻ってきた。

　それから通りの片隅の物陰にさりげなく集まって打ち合わせをした。

「やっぱり、外から見てるだけじゃ埒《らち》が明かない。入ってみるしかないだろうな」

「入ってみると言いますのは……？」

「団長とナシアスは簡単だ。客として入ればいい。ただ、それだと内部を探るのも容易じゃないからな。客以外の筋で入れればいいんだが……」

独り言のように言った王妃に、ラモナ騎士団長は何とも複雑な顔になった。

「お待ち下さい。妃殿下。客としてとは……まさか、あの館で娼婦を買えと仰せですか？」

「男が娼館に入るのに他の口実は必要ないだろう」

これまた当然のように言うのだが、この主張にはティレドン騎士団長まで苦笑いを浮かべたものだ。

「あなたもつくづく無体なことを言ってくれるな。妻の目の前で女郎買いをしろというのか？」

警備兵に扮した女性たちはまだ戻って来ないが、確かにそういうことになる。鉄面皮と思われがちなサヴォア公爵だが、それは避けたいらしい。

ナシアスの逡巡《しゅんじゅん》の理由はもっと明白だった。

結婚式を間近に控えた身でそんなことをするのは抵抗があるのだろう。

もちろん本当に女を買うわけではない。

口実として使うだけだが、問題はその後だ。女を買って二階へ上がりながら、女を置き去りに部屋を抜け出すのだから、女が騒いだら面倒なことになる。

「最初にお金を渡して、黙っているように言ってもだめかな？」

『仕事』をせずに代金をもらえれば娼婦にとっても悪い話ではないはずだが、こうした場所や女たちの性質に詳しいバルロは難しい顔だった。

「普通なら順当だが、女によっては侮辱と判断して却って騒ぎ立てる恐れもあるぞ」

「じゃあ、様子見に、こっちの若いのを送り込んでみようか？」

王妃の視線を食らったキャリガンとジョシュアは揃って飛び上がった。

彼らが何か言うより先にバルロが首を振る。

「無理だな。この二人では上がった部屋を抜け出す芸当などできるわけがない。娼婦《おんな》たちの手練手管にかかって、たちまち裸に剝かれるだろうよ」

「やれやれ、どうしたもんかな……」

通りの片隅でそんなことをひそひそ話していると、

のんびりした声が割って入った。

「こりゃあ皆さん、お揃いで。何事です？」

独立騎兵隊長の黒ずくめの姿がそこにあった。

揃いも揃って扮装している一同をおもしろそうな眼で見つめている。

王妃とシェラはともかく、二人の騎士団長の姿はイヴンにとっても実に意外なものだった。

その時、警備兵に変装した二人が戻ってきたのでイヴンはまたまた眼を剝いたが、彼女たちも意外な顔を見て驚いたようだった。

「独騎長どの。こんな場所で何をしておられる？」

いかにもロザモンドらしい屈託ない問いかけだが、これは少々ばかげた問いだった。

イヴンは小さく噴き出して、鼻の脇を搔いた。

「いや、こいつは困りました。このエルロイ通りで何をしてたかって言われてもねえ……」

答えなど一つに決まっている。

ロザモンドは慌てて言葉を呑み込んだ。


シャーミアンはさっと表情を硬くした。反射的に男の顔を見つめ、見つめたことが痛かったように、急いで眼をそらしてしまう。その複雑きわまりない表情の意味は見ていたシェラにはよくわかった。

王妃もちらりとシャーミアンを見やったが、今は彼女の心情に配慮してはいられない。

これ幸いと独騎長を仲間に引き入れにかかった。

話を聞いてイヴンも驚いた。

国王の愛妾が行方不明となれば大事件だが、臨機応変の独立騎兵隊長は即座に言った。

「それじゃあ、場所を変えて手筈を整えましょう」

バルロが皮肉な口調で尋ねる。

「何か手立てがあるのか、独騎長どの」

「手立ても何も『紅椿』へ行って調べるんでしょう。それも人数は多いほどいい。だったらさっさとその支度をしようって言ってるんです。ここでこそこそ内緒話なんかしてるよりずっとましだ。第一……」

イヴンはちょっと真顔で言った。

「あんたら、ものすごく目立ってますぜ」

もっともな意見だった。

イヴァンは少しも悪びれず、自分の馴染みだという娼館の裏口へ一行を案内した。

珍妙な面子をぞろぞろ引き連れて現れたイヴァンに、店の女将らしい女が呆れたように言ってくる。

「なんだいなんだい、三日も居続けてようやく出て行ったと思ったら女連れで戻ってくるなんて、いい度胸してるじゃないか」

「それを言ってくれるなよ。色気抜きの話なんだ。金は払うからさ。部屋を借りるぜ」

「なに言ってんだよ。あんたならいいよ」

さばさばと砕けた口調だった。この異様な一団を見ても狼狽えたりしない。肝の据わった女なのだ。

娼館の一室で一同はイヴァンを中心に打ち合わせを行い、『紅椿』に潜入する方針を決定した。

しばらくして『紅椿』の裏口を、男二人女二人の一行が訪れた。

「よう。主はいるかい？」

堂々と中へ入ったイヴァンは親しげに声を掛けた。

裏口を入ってすぐのところにたむろしていた用心棒たちが一斉に振り返ったが、イヴァンを見て警戒を解いた。こちらも親しげな笑顔を返して言う。

「おう、今は表だぜ。旦那に何か用か？」

イヴァンは黙って後ろを振り返ってみせた。

そこにいたのは身体を硬くしている二人の娘と、その二人の付き添いらしい若い男である。

用心棒の男はにやりと笑って店主を呼びに行った。

ややあって現れた『紅椿』の主は忙《せわ》しげな物腰の、はしっこそうな身体つきの男だった。

この男もまたイヴァンを見て笑顔になった。

「やあ、この間は世話になったたな」

「なあに。気にすんな。あんなのは大したことじゃねえや。それより忙しい時に押しかけて悪いんだが、ちょっと力になってほしいんだよ」

伝法《でんぽう》な口調で言って、イヴンは曰《いわ》くありげな眼を背後に向けた。

二人の娘は美しかった。身なりは質素なものだし、いたたまれない様子で顔を伏せているが、ちらりと見ただけでもその美しさには息を呑むものがあった。

店の主人も長年この商売をしている男だ。

二人を見ただけでおおよそ事情を察したようだが、あえて頷くだけにして、イヴンに語らせた。

「実はね、こちらは、とある貴族のご子息と妹さんたちでね。あんたにも想像はつくだろうが、せっぱ詰まってるんだよ……」

この兄妹の父親が悪い知り合いに騙《だま》されて財産も領地も奪われ、父親は衝撃のあまり重い病に倒れ、その治療費でさらに借金がかさむ羽目になったと、イヴンは説明した。

家財道具などもあるだけ売り払ったが、それでも借金を清算するには遠く及ばない。後はもう売れるものと言ったら、この二人の娘より他にないのだ。

「で、まあ、俺はこちらのお父上には、昔ちょっと世話になったことがあるんでね。そういうことなら何とかしましょうって胸を叩いちまったわけさ」

「しかし、れっきとした貴族のお嬢さん方がこんな商売にねえ。勤まるのかい？」

「それはお嬢さんたちも覚悟してることだろうさ。こちらはもう四の五の言ってられないってとこまで追いつめられちまってるんだ」

イヴンは彼らには聞こえないように声を低めて、店主に囁いた。

「滅多にない玉だってのは見りゃあわかるだろう？　あんたを見込んで特に頼んでるんだぜ。俺への仲介料は半額でいいからさ。その分、高く買ってやってほしいんだよ」

彼女たちの境遇に同情しながらも、実に自然な、しかも熱心な勧め方だった。日頃からこんな商売を真似《まね》しているんじゃないかと勘ぐりたくなるほどだ。

『借金の形《かた》に身売りする貴族の娘』を演じる王妃と

シェラは表情一つ変えなかったが、密かに感心した。

娼館にいるのは女を買う男だけではない。

他ならぬ『悪所に身を落とす羽目になった』若い娘なら娼館にいても少しもおかしくない。いるのが当然だと、作戦会議中のイヴンは主張した。

この場合、もっともその役に適しているのは何と言ってもシェラである。イヴンはシェラが並外れた能力を持つ細作《さいさく》だということをよく知っている。

「だから、おまえ、売り物になれ」

断言し、いくらか遠慮がちに王妃に話しかけた。

「できれば妃殿下にも売り物になっていただけるとありがたいんですがね」

「独騎長！　何を言うのだ！」

血相を変えたロザモンドをバルロが抑える。

王妃にも異存はなかった。

こうした仕事はシェラか自分の役目だとわかっている上、今の自分は一応（腹立たしいことに）女だ。

適任なのは確かだろうが、また姿を変えなければならないのが面倒だった。苦いため息を吐いた。

「まったく、早変わりの役者だってこんなに忙しくないぞ……」

バルロが王妃のぼやきをばっさりと斬って捨てる。

「何をおっしゃる。ダルシニどのとアランナどののためではないか。——それで、俺はどうする？」

「あんたは正面から堂々と入りゃあいいでしょうが。こちらの女公爵さんの前じゃあ言いにくいが、女のあしらいならお手の物でしょう。ラモナ騎士団長は俺と一緒に来て下さい」

「わたしは何をすれば？」

「この二人のお兄さんってところでお願いします」

どんな口実であれ、中へ入ってしまえば、娼館を男が歩いていても怪しまれないとイヴンは言った。

バルロを送り込もうというのも同じ理由である。

先程のバルロの懸念、金だけ払って部屋を出たら女が騒がないかという問題はイヴンが否定した。

あの館の女たちならそれはないというのだ。

四人がかりで中を調べて、女性たちがここにいる確証を得られたら、外に待機させたシャーミアンとロザモンドに知らせて警備兵を突入させればいい。

ただし、その突入に自分は参加しないとイヴンは明言した。

「独騎長！」

「イヴンさま！」

またも女性陣が悲鳴を上げた。

この男はポーラとアランナの救出を手伝わないと言っている。いったい何を考えているのかと訝しみ、恐れる声でもあった。

そんな二人にイヴンは苦笑しながら言い聞かせた。

「俺は『紅椿』の主人とは顔なじみなんです。実のところ、ちょっとした貸しもあります。だからこそこの手が使える。見ず知らずの人間が出向いて女を買ってくれって言ったって取り合っちゃくれないが、俺が行って話をすれば向こうも聞いてくれるんです。だから、俺の出番はそこまでに願いますよ。警備隊なんかと仲良くしているところを、この街の連中に見られたくないんでね」

二人の女騎士は唖然としていたが、王妃が笑った。

「そういうことか。つまり、ここの連中はイヴンが独立騎兵隊長だってことを知らないんだな？」

「この店の女将は知ってますがね、わざわざ街中に言いふらしてまわる理由はないでしょう。俺だって街の連中の信用を失うのは遠慮したいんです」

「信用を……失う？」

ロザモンドにはますますわけがわからなくなったようだった。

国王に親しく仕える騎兵隊長という地位は何より誇りに思っていいはずだ。それなのに、その身分を明かしたら信用をなくすとはどういうことなのか。

疑念をあらわにしているベルミンスター公爵に、イヴンは悪戯っぽく、同時にどこか哀れむような、嘲《あざけ》るような眼を向けた。

「そうなんですよ。国王なんかと仲良くしてるってわかったら、俺はこの街の連中に爪弾《つまはじ》きにされます。ここには結構、気のいい連中も友達もいるんでね。嫌われるのは避けたいところなんです」

「しかし、独騎長。わたしには解《げ》しかねる。それは陛下の臣下としてあるまじき振る舞いでは……」

「ロザモンド」

静かに制したのは王妃だった。緑の視線だけで、それ以上は言うなと釘を差した。

「おれたちは『紅椿』には何の伝《つて》もないんだ。手引きしてくれるだけで充分だ。拉致《らち》された女性たちの救出は警備兵の仕事でもある」

王妃に諭されてもロザモンドは不満そうだったが、意外なところからイヴン援護の声が掛かった。

「不忠と言えば確かに不忠極まりないが、こういう場所に詳しい人間も従兄上《あにうえ》には必要だろう。俺には到底できぬことだからな」

かたちこそ弁護であるが、おもしろくなさそうな口調だった。しかし、こうした下層社会には貴族のやり方は通用しない掟《おきて》や決まりごとがある。

大公爵家の総領として生まれ、貴族社会の王道を生きているバルロだが、妻と違って庶民とも親しみ、このシッサス界隈にも顔を出している。だからこそ、厳然たるその事実をわきまえていた。

事実、イヴンはこの街ではちょっとした『顔』で、その巧妙な口上に『紅椿』の主人はすっかり二人の身元を信用したらしい。

「あんたの紹介なら証文を交わすのに異存はないが、お兄さんは本当にそれでよろしいんですかい？」

念を押すと、二人の兄は悲壮感の漂う顔で頷いた。

「……父のためです。妹たちに犠牲になってもらうのも仕方がありません」

こんなことになった自分の無力を嘆いているのか、兄は眼を伏せたまま、ぼそぼそと言った。

「あの、妹たちをお任せするに当たって、お願いがあるのですが……」

「おねがい？」

姉妹の兄は上目遣いに店の主人を見た。やつれと苦悩の深く滲んだ顔だった。

「できましたら妹たちにはこの街……いいえ、この国ではその……働かせたくないのです。他国で奉公させていただくわけには参りませんでしょうか」

「ははあ……」

店の主人はちょっと驚いたようだったが、すぐに納得した。姉妹の境遇を同郷の人々には知られたくないのだろう。貴族のつまらぬ見栄には違いないが、気持ちはわかるので、愛想良く頷いた。

「よろしゅうございますとも。外国へ行く船長にも知り合いがおりますからね。おやすいご用です」

「あと、もう一つお願いが……」

姉妹の兄は急いで言い足した。

「二人はここへ置いて参りますが、今夜一晩だけ、わたしも妹たちと共にいさせていただきたいのです。ご迷惑とは承知しておりますが、何分、兄妹三人で語り合うのもこれが最後……。今宵が今生《こんじょう》の別れになるかもしれませんので……」

がっくりとうなだれた力のない兄に、二人の妹が手巾で顔を押さえ、涙をこらえている。

しかし、その口元を見たら、店の主人ははてなと思っただろう。

これから外国に売られていく悲惨な境遇のはずの娘たちが必死になって笑いをこらえていたのだから。

首尾よく大金で買い取られた娘二人は『紅椿』の二階にある一室へ通された。

イヴンは兄妹に丁重な挨拶をして帰り、主人も、

「申し上げるまでもないが、部屋の外には出ないでくださいよ」

と念を押して退出していったものの、この二人が逃げ出す心配はしていなかった。

裏口は屈強な男たちが固めているし、表玄関から出るには人でごった返した酒場を通り抜けなければならない。悲しみに打ちひしがれている娘たちには逃げ出すだけの気力もないだろうし、何より素人の

娘が館の中をうろうろしたら目立って仕方がない。

　必ず誰かが見咎めるはずと、呑気に考えていた。

　部屋の中で三人だけになると、娘の一人は大きく息を吐き出した。笑いを逃がすためだった。

「うまいな。ナシアス。役者になれるぞ」

「からかわれては困ります。冷や汗ものでしたよ」

　苦笑しながら額を拭っているものの、ナシアスが表現した悲壮感の半分くらいは本物だった。

　もしここでもアランナを見つけられなかったら、ポーラともども国外へ連れ出されてしまったら、妹には本当に二度と会うことができなくなる。

　店の主人は扉に鍵を掛けていかなかった。たとえ掛けても無駄だったろう。

　建物の中に入ってしまえば、シェラには扉も壁もないのと同じことである。しかも夜だ。

　廊下には掛燭《かけしょく》が灯っているが、暗がりを多分に残している極めて頼りない灯りである。

　その灯りの向こうに、王妃とシェラは影のように消えていった。

　一方ナシアスはわざと堂々と面を上げて、今度は客になりきって二階部分を見て回った。

　途中、階段を上ってきたバルロと出くわした。

「酒場以外の一階部分を探ってみたが、特に怪しいところはなさそうだぞ」

「わたしは二階を見てきたがほとんどが客室だ」

「ふうむ、すると……」

「あの占い館と同じ一味だとしたら、やはり地下か、もしくは屋根裏ではないか?」

　ナシアスの意見は正しかった。

　足音も気配も感じさせずにシェラが戻ってきて、二人の傍で囁いた。

「奥の廊下の突き当たりが怪しいですね。見た目は壁ですが、その向こうはどうやら空洞のようです」

「なに?」

「音の響きからして屋根裏に通じていると思います。壁自体が扉のように動く仕掛けがしてありますが、開けてみますか？」

　ナシアスは微笑して言った。

「きみは実に有能な侍女だ」

「恐れ入ります」

「扉はすぐに開くのかな？」

「いいえ。鍵が掛かっていますので、少しお時間をいただければ……」

「その必要はない」

　バルロが言った。

「隠し扉に屋根裏部屋というだけで充分に怪しいわ。時間が惜しい。警備隊を呼んで突入させよう」

「賛成だ」

　ナシアスも頷いた。

　シェラにはちょっと腑に落ちなかった。

　女性たちの安否を確認しなくてもよいというのは、人質救出の手順を省略しすぎのような気もするが、そこで気がついた。この人たちは王妃の『女たちが紅椿にいる』という言葉を信じているのだ。

　そこに合流した王妃もすぐに警備隊を呼ぶべきと主張した。

「他に大勢の人が閉じこめられているような場所は見あたらないからな。――捕まっているのは女の人ばかりだろう。下手に顔を出して騒がれたら面倒だ。迅速に片づけてしまったほうがいい」

「おお、ただの物置だったら、その時はその時だ」

　バルロは言って、自分が買った女の部屋へ急いで戻ると、窓を大きく開け放った。そこからは街灯も華やかなエルロイ通りがそっくり見下ろせる。

　通りを行き交う群衆の中に、心配そうにこちらを見上げる顔がある。

　バルロは、ちょっぴり腹を立てているような妻に笑いかけると、大きく頷いてみせた。

　ロザモンドも頷きを返し、横にいたキャリガンに何か命じて走らせる。

　すぐに警備兵が駆けつけてきた。

女性たちは確かにそこにいた。

シェラが見つけた隠し扉はまさに屋根裏の部屋に続いており、これまで消息を絶った女性三人の他に、四人の女性が閉じこめられていた。

助けに来た警備兵の中に知人であるロザモンドやシャーミアンの姿を認めて、誘拐された女性たちは大きな安堵と感謝に泣き崩れたのである。

彼女たちはやはり『愛の秘薬と神秘の館』で薬を飲まされ、眠らされて連れてこられたのだという。

逃げ出そうにも自分がどこにいるかもわからず、見張りもついていたので、どうしようもなかった。

そこには浅葱色の服を着た二人の召使いもいた。

身を寄せ合って震えていたが、警備隊に救出され、自由の身になれるとわかってへたへたと頽《くずお》れた。

そこまではいいのだが、顔が違う。

ポーラでもアランナでもない。別人なのだ。

この二人は一人は本物の召使いだが、もう一人はその女主人だという。氏名を聞くと二の郭に屋敷を構える歳若い男爵夫人だった。

男爵夫人は最近占いに凝《こ》っており、よく当たると評判のあの館を初めて訪ねて被害にあったという。

意外な顚末に呆気にとられ、脱力しきってものも言えないでいる一同を見て、男爵夫人は震えながら、おどおどと訴えてきた。

「あ、あの、このことはどうか夫には内密に……」

気の毒だったのはキャリガンである。

ラモナ騎士団長と女騎士二人にすさまじくも白い眼で睨まれて、王妃と上官に左右から超特大の雷を落とされたのだ。

「何度も言うけどどな！　どこに眼を付けてるんだ！自分の姉も見分けられないのか！」

「戦場でこんな誤認をしてみろ！　懲罰ものだぞ！キャリガン・ダルシニ！」

「で、ですから顔は見ていないって……！」

泣きそうな顔になって必死に言い訳したが、火に油を注ぐようなものである。

激怒した王妃と上官にみっちりと締め上げられる羽目になった。


ベロニカの店は様々な化粧品を扱う店だった。白粉《おしろい》、口紅、眉墨《まゆずみ》、髪油《かみあぶら》に爪を染める染料など、女性を美しく彩るためのあらゆる品が揃っていたが、ベロニカが特に熱心に勧めてくれたのは香水だった。

「香りのいい肌ってのはよく効くからねえ」

ポーラとアランナはちょっと首を傾げてしまった。

これは二人が思い描いていた『惚れ薬』とは少々違うような気がするが、それを言うと、ベロニカは顔をしかめて手を振った。

「およしよ。そんなものに頼るのは。それより女をきれいに、魅力的に見せることを考えるべきだよ。そうすれば男はいくらでも寄ってくるもんさ」

言われてみればそのとおりかもしれないと二人は思った。それに、そこに並んでいた品物を選ぶのも充分、楽しかったのである。


シャーミアンさまにはどんな香りが合うかしらと、あれこれと試して、いろいろな香りを嗅《か》いでいたら、あっという間に時間がたってしまった。

結局、二人は吟味《ぎんみ》の末に一瓶の香水を買い求めて、夕焼けの迫る魔法街を後にした。

その途中、この近くで流感の患者が出たと聞き、

「こわいですねえ」

「街中に広まったりしなければいいのですけど」

眉をひそめて話しながら家路を急ぎ、日没前にはちゃんと王宮に戻っていたのである。


その夜。晩餐の支度を整えながらポーラが国王を待っていると、王妃が侍女とともに姿を見せた。

「おれも一緒にご飯食べたいんだけど、今から支度できるかな」

「もちろんですとも。お任せ下さい」

笑顔で台所へ向かおうとして、ポーラはふと足を止めて振り返り、不思議そうに王妃を見つめてきた。

「王妃さま。どうかなさいましたか?」

「どうって?」

「何だか……お疲れのようですので」

王妃は苦笑して、ポーラにはわからないように、そっと侍女と目配せを交わした。

疲れている理由はとても言えない。

「ポーラのほうこそ、外出は楽しかったか」

「はい。とてもおもしろうございました」

「ラティーナに会って聞いたけど、シャーミアンに何かおみやげを買ってきたんだって?」

「はい」

危ないものを買ったという自覚はまるでないから、至って素直に答えたポーラだった。

どんなものを買ったのか見せてくれという王妃の言葉を訝しむこともなく、いそいそと二階へ上がり、小さな硝子瓶を大事そうに持って戻ってきた。

シェラが受け取って慎重に蓋を開けたが、すぐに笑顔になった。

王妃もちょっとその匂いを嗅いで微笑んだ。

「いい匂いだ」

化粧品も人工的な香りも好まない王妃だが、この時は本当にそう思った。強《きつ》すぎたり甘すぎたりすることもない。さわやかな薔薇の香りだけがする。

「あのな、ポーラ」

「はい」

「これをシャーミアンに贈るのは全然かまわないし、喜んでくれるとも思うけど、イヴンのことは言わないほうがいいな」

ポーラはちょっと赤くなった。

「やはりあの、出過ぎた真似でしたでしょうか?」

「そんなことはないさ。焦れったい気持ちはわかる。おれだって、さっさとくっついちまえばいいのにと思っている口だからな。ただ、あの二人なら放っておいても大丈夫。なるようになるって」

ラティーナが同じことを言っていたが、ポーラはそれでも不安そうに確かめた。

「本当に……王妃さまもそうお思いですか？」

「思う。第一ポーラにそんなに気を使わせていると知ったら、シャーミアンは却って申し訳なく感じるはずだ。だから今はそっとしておいたほうがいい」

とはいうものの、エルロイ通りでの捕り物の後、シャーミアンが落ち込んでいたことは確かである。

シッサスに足を踏み入れたのはもちろん初めてのシャーミアンだ。どぎついくらいの活気にあふれた下町の繁華街で、猥雑《わいざつ》な感じすらする。これまでのシャーミアンの人生には縁のなかった場所であり、受け入れられる場所でもなかった。

だが、あの男はその街に親しみ、とけ込んでいる。

居心地がよいのだという。

胸が締めつけられる思いがした。

自分の住んでいる世界と、あの男の暮らす世界はあまりに違うのだと思い知らされたようで辛かった。

王妃はそんなシャーミアンに慰めの言葉を掛けて、励ましてやったのだが、それでも暗い顔だった。


「やはり、わたしには、自由民の妻になることなど無理なのかもしれません……」

悄然とした呟きを王妃は明るく笑い飛ばした。

「育った環境が違いすぎるのが問題だって言うなら、おれとウォルはどうなる？　あいつは国王、おれは身元不明の風来坊だぞ」

シャーミアンは思わず眼を見張った。

次に小さく笑って首を振った。

「そんなことは……。陛下と妃殿下は人が羨《うらや》むほど仲むつまじいご夫婦でいらっしゃいますのに」

「それならシャーミアンだって同じようにできるさ。何もおれたちだけが特別だってわけじゃない」

「何か、夫婦仲を保つ秘訣でもおありですか」

「あると言えばあるかな。——聞きたいか？」

「はい。将来の参考のためにも、ぜひともご教授をお願いします」

「つきあいきれないところまで無理につきあおうとしないことさ」

「………」

「おれとあいつは戦場でなら他の誰より息が合う。相手が何をしようとしているのかすぐに呑み込める。政治の問題でもそう、考えることはほとんど一緒だ。それでも、おれはあいつが各国の使者とくだらない挨拶や社交辞令を交わしている横にはいたくない。あいつも、おれの山歩きにはつきあわない」

「………」

「イヴンも、シャーミアンがドレスを着て貴婦人とお茶会をしている場所にはつきあえない。そういうことさ。ただ、女遊びに関しては、シャーミアンと結婚した後は何しろあのドラ将軍が眼を光らせてるわけだからな。今だけだと思って見逃してやれよ」

「いえ、そんな……」

慌てて否定したシャーミアンだった。

あの人のあの様子では、自分たちが結婚できるかどうかわからない。自分が思うほどあの人は自分を思ってはくれないのかもしれない。

思いきってそうはっきり口にすると、王妃はまたシャーミアンの心配を笑い飛ばした。

「それは違う。シャーミアンを欲しくないわけじゃない。タウの男はたぶん伝統的にへそ曲がりなんだ。本当に欲しいものほど欲しくないふりをするのさ。そんな素振りに騙されちゃだめだぞ」

デルフィニアの妃将軍は人間離れした剛力無双の戦いぶりもさることながら、その明るさが魅力の人でもある。シャーミアンもつられて笑い出していた。

「ですけど、それならますますわかりません。あの方はどうしてそんなやり方でわたしを騙そうとするのでしょう。おっしゃって下さればわたしは喜んであの方の妻になりますのに」

「そこまでは本人に聞かないとわからないな」

とは言え、王妃にはわかるような気もしている。

何であれ自分を縛るものは許せなかった。それが自分の好きなものであっても、望むものであっても、自分が自分でなくなるのは許せなかった。

王妃にとって絶対の自由とはそういうものだった。

恐らくイヴンが感じているのも、今までの自由が侵害されるのではないかという一種の恐れだ。

シャーミアンにとって、タウの自由民のイヴンが未知の世界の住人であるように、イヴンにとっても伯爵令嬢のシャーミアンは異分子なのだ。

昔を思い出して王妃は言った。

「……おれたちの時もそうだったな」

「そんなことはありません。デルフィニア国民は皆、お二人を祝福していましたわ」

ウォルのことじゃない――とは王妃は言わない。もうずいぶん会っていない相棒の手の、心地よい感触を思い出す。

生まれも育ちも存在すらも違いすぎる二人が絆を結ぶことをラーの仲間たちは良しとしなかった。

何が問題だったのか今でもわからない。

一つだけ確かだったのは、そんな反対に耳を貸す相棒ではなかったということだ。

リィも同様だった。

あの手は決して自分を縛るものでも、おとしめるものでもなかったから、リィは自分の意思で相棒と名前を交わした。その誓約は今でも有効である。

「案ずるより産むが易いとも言うからなあ。結婚もそんなもんじゃないのか」

「妃殿下。ご自分も人妻であることをお忘れですか」

自分のようなのを人妻といったら、本当の人妻に失礼だろうと王妃は思う。

しかし、ここで出会った不思議な国王はちょっと相棒に似ていた。姿形ではない。雰囲気でもない。

隣にいると温かいのだ。

「シャーミアンはイヴンが好きだろう？」

唐突に尋ねた王妃に、勇敢な女騎士は少しばかり頬を染めながらも、しっかりと頷いた。

王妃もとびきりの笑顔で言った。

「だから大丈夫。何とかなる」

長い一日を終えた王妃は二の郭でシャーミアンと別れて、芙蓉宮へ上がってきたのである。

ポーラはたいせつな香水の瓶を二階の部屋に戻し、今はシェラと一緒に台所に立ち、何やら楽しそうに話しながら料理を続けている。

王妃は一人居間に戻って、お気に入りの長椅子に転がった。

かすかに調理器具が鳴る音が聞こえ、うまそうな匂いが漂ってくる。

こののどかな雰囲気に今日一日の疲れを促されて、少しうとうとしかけたところへ国王がやって来た。

長椅子に身体を伸ばしている王妃を見て、平然と声を掛けてくる。

「おう、来ていたのか」

「いて悪いか。おまえが来なければ、おれが一人でご馳走を平らげるところだったぞ」

寝そべったまま答える。愛妾の住居での、これが国王夫妻の会話である。

台所からポーラが飛んできて国王を出迎えた。

「陛下、いらっしゃいませ」

外套を受け取って、いつもの場所に掛け、急いで台所に戻りながら声を掛けてくる。

「お二人ともう少しお待ち下さい。すぐお食事をご用意いたしますから」

国王は食卓の上に用意されていた硝子瓶を取り、手酌で杯《さかずき》に注いだ。

ポーラが王妃のために用意したものだが、王妃は転がったまま手をつけようとしなかったのである。

だが、国王が飲んでいるのを見て、身振りだけで自分にも寄越せと合図した。

「ものぐさな奴だな」

呆れながらも国王はもう一つの杯を酒で満たして、手渡してやった。

王妃は長椅子の背もたれに寄りかかって、国王はその傍の椅子に腰を下ろしている。二人はしばらく無言で酒杯を傾けていたが、やがて王妃は台所には聞こえないような小声で話しかけた。

「あのな、ウォル」

「なんだ？」

「切実な要求――というより、お願いだけどな」

国王が眼を見張る。何事だと目線だけで問うのに答えて、王妃は深いため息を吐いた。

「頼むから、次にポーラが出かける時の護衛は他の誰かに任命してくれ」

意外な言葉に国王は気が抜けたらしい。

不思議そうな顔で尋ねてきた。

「それが切実な願いなのか？」

「そうさ。おれにはこんな大任はとても務まらない。今日の重大任務に比べたら、ゾラタスやオーロンの相手をするほうが遥かに楽だったぞ」

「これはまた聞き捨てならんな。何があった？」

「いやもう、長すぎて……一口にはとても言えない。あとでゆっくり話してやるよ」

国王がますます不思議そうに首を傾げる。


何か言おうとした時、王妃が居間の入り口を見て目配せを寄越し、国王も心得て言葉を呑み込んだ。

「お待たせいたしました」

すばらしく食欲をそそる湯気を立てる料理の皿を持ったポーラが居間に戻ってきた。

王と王妃の新婚事情

「これでいくらの貸しになった？」

「何を言う。貸しているのは俺のほうだ」

デルフィニアの国王と王妃は互いに自分の優位を主張しながら、隣に控えていた従者に眼をやった。睨《にら》んだと言ったほうがいいような視線である。

戦場には不似合いなほど美しい少年従者は、その視線の鋭さにいささか怯《ひる》み、ためらいがちに答えた。

「あの、今のところは、陛下が妃殿下に銀貨十枚の貸しです……」

たかが博打《ばくち》にそんなに真剣にならなくてもと言いたいところだが、口に出せるような雰囲気ではない。

王妃は幕舎に敷いた絨毯《じゅうたん》の上にあぐらを掻《か》いて、頭をかきむしって唸《うな》っている。

「どうも調子が出ないな。――もう一番だ」

「いいとも。受けて立とう」

国王は自分が勝っているだけに機嫌がいい。

二人を見守る少年だけが複雑な顔でもの悲しげな吐息をついている。戦場とは確かに金品の飛び交う場所だし、兵士たちが報酬や略奪品を賭《か》けて博打に興じることも日常茶飯事だ。それはわかっている。

しかし、新婚の国王と王妃が熱中するようなことではないのではないかと密かに自問自答していたら、王妃は少年を見て真顔で言った。

「おまえも参加するか？」

少年従者は慌てて首を振った。

後には王妃の片腕にも等しい存在にまで成長するシェラであるが、如何《いかん》せんこの時はまだ若かった。

それ以上に自分が生まれ育った封建社会の常識に縛られていたので、召使いが主人と賭事をするわけには参りませんと、至極まっとうな言葉を返したが、残念ながら、彼の主人夫婦のほうがちっとも『まっとう』ではないのだ。

「乾杯！」

「偉大な国王と勝利の女神に！」

篝火《かがりび》の灯る陣地のあちこちから威勢のいい声が聞こえてくる。

こんな夜更けでも兵士たちは意気軒昂《けんこう》としており、寝静まる様子もない。

降伏寸前まで追いつめられていたのが嘘のような勢いだった。

つい先日、東部の国境付近に位置するカムセンは、タンガに騙《だま》し討ちのような奇襲を掛けられ、一時は相当苦しいところまで追いつめられたのである。

だが、今は違う。

デルフィニア軍は国王と王妃の指揮の下、一気に攻勢に転じ、現在はタンガの領内に打って出ているところだった。

二人は新婚早々——正確には結婚式の真っ最中に今回の出撃となった。当然、甘い時間を楽しむ暇もなかったわけだが、なんと言っても新婚夫婦だから、同じ天幕で寝起きしている。

こういう事情だから、指揮官の幕舎なのに、側近たちも何となく遠慮して、よほどのことがない限り、夜間に押しかけるような真似は慎《つつし》んでいるのだが、その天幕の中では国王と王妃は真剣勝負さながらの、まさに食いつきそうな表情で、互いの持ち札を睨みつけているのである。

負けが銀三十枚になったところで王妃は舌打ちし、札を投げ出して立ち上がった。

「なんだ。逃げるのか?」

口調だけはあくまでのんびりと、国王が挑発的な台詞《せりふ》を投げる。

「誰が逃げるか。人数を増やすんだ」

憤然と出ていった王妃の背中を見送って、国王は笑いを噛《か》み殺した。一対一では分が悪いので頭数を増やそうというのだろう。

とはいうものの、国王と王妃の博打に参加できる度胸の持ち主はそうはいない。

犠牲者が誰になるかは容易に想像がついた。

暫《しばら》くして王妃とともにやって来たのは、案の定、国王の顔なじみの独立騎兵隊長である。

「あのなあ、言いたかないけどな。おまえら仮にも新婚だろうが。他にやることはねえのかよ。いくら何でもまずいって、さんざん仲間に止められたぜ」

口では呆れたように言いながら、さっさと絨毯に座り込んでいる。こちらも部下たちを相手に博打に興じ、気前よく負けてやっていたところを、王妃に拉致《らち》されたらしい。

「これで三人……と。ちょっと具合悪いな。シェラ、おまえやっぱり参加しろ」

「ですが、わたしは賭けるような金品は何も持っておりません」

「身体で払えばいいだろうが」

あっさりと言い放った王妃に、シェラはもちろん、国王も独騎長もぎょっとした。

絶句したが、王妃は平然と札を切っている。

「銀一枚で雑兵《ぞうひょう》の首一つ。金一枚で武将の首一つでどうだ？」

「あ……ああ、そういう意味の身体ですか、はい！でしたら精一杯、働かせていただきます」

冷や汗を浮かべながら、膝《ひざ》を揃えて鯱《しゃちほこ》張《ば》っている少年に、王妃はとまどいの眼を向けた。

「――？　何を考えたんだ？」

「そりゃあ、新婚の夫の前じゃあ普通は間違っても言えないことだよな」

手札を開きながらイヴンが笑った。

いつものことだが、この顔ぶれだと遠慮も身分の上下もあったものではなくなるイヴンだ。そのくせ手札を見る眼には表情がない。

いい手が来たのか悪いのか、この男の表情からはいっさい窺《うかが》い知ることができない。

「新婚か……。今の俺には実に縁遠い響きだ」

手札を開いた国王が真面目に呟《つぶや》いて、頷《うなず》いた。

こちらは今度もまあまあの手札が来たらしい。

イヴンが言う。

「さてと。その王妃さまはどうするんだ？　負けが込んでいるようだが、それこそ身体で払うのかい」

「払ってやってもいいけど、それで賭になるのか。おれはタンガの連中がここから逃げ出すまで、徹底的に働くつもりなんだぞ」

イヴンは眼を見張り、声を抑えて笑い出した。

「呆れたもんだ。見事なくらいの似たもの夫婦だぜ。普通、身体で払うって言ったら、もう少し色っぽいことを考えるもんなんだがね」

「お門違いだ」

冷然と切り捨てた王妃の横では国王がいそいそと札を交換している。

「いいや、この際、色気よりそうした闘志のほうがありがたい。色っぽいことなら他の女といくらでもできるが、勝利の女神はただ一人だからな」

シェラには到底口を挟めない会話だった。

(これは……何か違うのではないだろうか?)

ひたすら首を捻《ひね》るしかない。

シェラは貴族の屋敷に働きに出たことなら何度もあるので、貴人の身の回りの世話には慣れているが、実は戦場で従者を務めるのはこれが初めてだ。

こんな博打につきあうのも従者の務めのうちなのだろうかと思いながら、恐る恐る札をとった。

一通りの手札の交換がすんだ後、イヴンが懐から銀貨を取り出して、めくり札の横に置く。

応える形で国王も置いた。

「それではと……無一文の王妃にはいかほど乗せてもらおうかな。さしあたって連隊長格の武将の首を片手分といったところか」

「高いぞ！　大隊長格にまけておけ」

「いや、まからん。だいたいおまえは従者に武将の首を稼がせようというのだからな、まがりなりにも王妃のおまえはもっとせっせと働かねばならんぞ」

「そんなことを言うなら国王はどうなる？」

二人が真剣に議論しているところへ、突如、闇《やみ》を引き裂く雄叫《おたけ》びが響きわたった。

敵襲を告げる叫びである。

王妃と国王、独騎長の表情が一瞬で引き締まった。

今し方のふざけたやりとりが別人のような厳しさだった。

時を置かずに国王の側近が慌ただしく駆け込んで危急を告げる。

その時には彼らはしっかり手札を懐にしまい込み、臨戦態勢を整えていた。

「続きは帰ってからにしようや」

「おう」

「とりあえず銀三十枚の借りを清算するか」

王妃の従者は啞然としながらも、この常識外れの主人たちに倣《なら》って、自分の手札をそっと衣服の中にしまい込んで立ち上がった。

陣内は不意の襲撃に殺気立っている。具足の鳴る音や怒声が響いている。その中を慌ただしく早足で進みながら、シェラは一度だけ笑いを嚙み殺した。

絶好の稼ぎ時である。負けが込んだ時に備えて、なるべく高い首をたくさん取らなくてはならない。

今夜は眠れそうもなかった。

シェラの日常

秋の長雨がようやく止んでくれたらしい。

シェラは覗き窓からそれを確認して、このところ閉め切りだった雨戸を大きく開け放った。

雨の滴《しずく》がしたたり落ちるのを雑巾で受ける。

表はまだ真っ暗だったが、何となく空気の感じで、今日は晴れてくれそうだなとわかる。

ほっとして、仕事に取りかかった。

王妃付きの侍女であるシェラの毎日は真っ暗な中、蠟燭《ろうそく》の灯りの下で朝食をつくるところから始まる。

外が明るくなる頃には料理もできあがり、蠟燭を消し、食卓を調え、完成した料理を食堂に運ぶ頃、王妃が寝室から起き出してくる。

「おはよう」

「おはようございます」

デルフィニアの王妃はとにかく早起きだ。

普通、一国の王妃といったら、夜ごとの舞踏会や女性たちの秘密めいた集まりに忙しく、夜更かしは当たり前だ。当然、朝は遅くなる。

中には昼近くまで寝ている王妃も珍しくないが、この国ではかなり事情が異なっている。

王妃は時々は寝坊をするが、それは主に男たちと飲み比べをして酔いが抜けていない時だ。

そうした時にはシェラが寝台まで朝食を運ぶが、基本的には日の出とともに起き出している。従って、朝食の支度は夜明け前から行わないと間に合わない。

寝室から現れた王妃はいつもの革の胴着姿だった。梳《くしけず》って結い上げれば黄金の宝冠のような金髪も、適当にまとめ上げて革紐《かわひも》を掛けただけだ。

この姿を初めて見た時、シェラは本当に驚いた。

その頃のグリンディエタ・ラーデンはまだ王女で、シェラは侍女に化けた刺客《しかく》だった。礼儀正しく頭を下げながらも、こんな無様な王女ではどこへも嫁に出せないなと密かに呆れ、その姿に軽蔑の感情さえ覚えたものだが、シェラもかつてのシェラではない。

立場と環境が変わり、閉ざされていた眼が開くと、心境にも著《いちじる》しい変化が訪れた。今では変に飾らないほうがこの人らしいとさえ思っている。

王妃とシェラは向かい合わせに食卓に着いた。

この日の朝食は甘辛く煮付けた魚や塩焼きにした海老、今が旬の茸《きのこ》のスープなどだった。

「いただきます」

王妃が食べ始めるのを待ってからシェラも料理に手を付けた。

給仕に当たる侍女が王妃の眼の前に座って食事を摂るなど、どんな国の王宮でもありえないことだ。

最初からこうだったわけではない。

シェラがこの西離宮に住み始めた頃、リィはまだ王女だった。シェラはその頃の自分の常識に従って王女一人分の料理をつくって供し、王女の給仕をし、王女が食べ終えた皿を台所に下げた後、あらためて自分の食事をつくり、台所で手早く済ませていた。

侍女として当たり前の行動だが、王女にはそれが理解できなかったらしい。そんな面倒はせずに二人分の料理をつくって一緒に食べればいいと言われて、シェラは仰天した。次に頑なに拒否した。

そもそも主人と召使いの食事ではそれを調理する台所も違う。使用する食材からして違う。

使用人の身で高貴な方の食べ物に手を付けるなど不遜《ふそん》極まりない。人に見咎《みとが》められでもしたら自分が罰を受ける羽目になってしまうと必死に訴えたが、リィは不思議そうに言ったものだ。

「使用人と主人は台所が別っていうけど、ここには台所は一つしかないぞ」

「ですから、それは……」

「ここは何代か前の王の夏の別邸として建てられた離宮なんだろう。王様が一人で避暑に来ていたとは思えないし、その時のお供の人たちは自分の食事をどうしてたのかな？」

「交代で本宮で食事を済ませてくればいいんですよ。国王の世話係なら何人もいたはずですから」

「その理屈はわかる。だけど、今はおれとシェラの二人きりだぞ。なのに何でわざわざ二種類の料理をつくるんだ？」

それはあなたが主人でわたしが召使いだからです——という当たり前の常識がこの人には通用しない。

不毛な押し問答に疲れたシェラは、当然の疑問を発した。

「今までお食事はどうされていたんです？」

「本宮でウォルと一緒に食べることもあったけど、おれが顔を出すとみんな驚くからな」

結局、山の中で適当に済ませていたというのだが、シェラには到底納得できない返事だった。

疑わしげに問い返した。

「適当にとは……？」

「この山、獲物は多いんだ。鹿も熊も猪《いのしし》も兎《うさぎ》も山鳥も捕れる。食べる分以上は捕らないけど」

要は山の中で火を熾《おこ》して、狩ったばかりの獲物を捌《さば》いて食べていたというのである。


西離宮に寝に帰った形跡がほとんどなかったのも、山の中で野宿していたからだという。

今でこそ慣れたが、当時は卒倒するかと思った。

グリンディエタ・ラーデンが国王と本当の親子でないのはわかっていたが、これはまかり間違っても一国の王女のすることではない。

肉を食べるだけではなく、獲物の皮は街へ持って行って金に換え、その金で時にシッサスへ出かけて、荒くれ男たちに交じって酒場で飲み喰いしていたというのだから、とんでもない王女である。

シェラが絶句している間に王女は女官長や国王にさっさと話を通してしまい、恐ろしいことに本当に主と同じ食卓に着く羽目になってしまった。

シェラにとっては生まれて初めての経験である。

最初は口に入れた料理の味もわからなかったが、王女はシェラのつくった料理を美味《おい》しそうに食べて眼を輝かせ、腕前を褒《ほ》めてくれる。それが嬉しくて、時間は掛かったが、次第に緊張もほぐれていった。

グリンディエタ王女が国王と形だけの結婚をして王妃になった今でもこの習慣《あいしょう》は続いている。

ずっと後に、国王の愛妾《あいしょう》に迎えられたポーラから、そっくり同じ体験をして困惑していると相談されたシェラは大きく頷《うなず》き、お気持ちはよくわかりますと返答した。

ポーラも陛下と同じ食卓に着いてお食事だなんて畏《おそ》れ多いと恐縮していたのだが、彼女はまだましだ。

小身とはいえれっきとした貴族の出身で、今では国王の愛妾なのだから。

「わたしなんか、ただの召使いですのにね……」

自分の体験を披露して自嘲気味に嘆いたシェラに、ポーラは大真面目に言ったものだ。

「いいえ、そんなことはありません。シェラさんは王妃さまのたいせつなお友達です」

「それならポーラさまも妃殿下のお友達でしょう」

「とんでもない！　わたしなんかが……」

「お友達ですとも。妃殿下がそうおっしゃいました。それに、ポーラさまはその妃殿下もお認めになった陛下ご寵愛《ちょうあい》の方ですから。陛下とご一緒にお食事を召し上がっても何もおかしなことはありません」

反論を封じられてしまったポーラは恨めしそうに、じっとシェラを見つめて言ったものだ。

「シェラさん、ずるいわ……」

これにはシェラも苦笑するしかなかった。

宮廷婦人からは、あまりに田舎育ちで素朴すぎる点を指摘され、何かと物議を醸《かも》しているポーラだが、こんなにもあの国王に似合いの人もいない。

そのポーラを選んだ王妃が、

「おれの眼は確かだろう？」

と得意そうに言っていたくらいだ。

その王妃もこの国の風変わりな国王には似合いの妃《きさき》だと思いながら、シェラは王妃に問いかけた。

「今日はどうなさいます？」

最近ではこんなふうにシェラのほうから食事中の王妃に話しかける余裕すら生まれている。

海老の尾を器用に避けながら王妃は笑って答えた。

「せっかく晴れたんだからグライアと走りに行く。あいつ絶対、腐ってるぞ」

シェラも微笑した。

王妃の愛馬は基本的に『放し飼い』である。

というより王妃には『飼っている』意識がなく、恐らく馬のほうにも飼われているつもりはない。

王妃にとってあの黒馬が『黒い大きな友達』なら、馬にとっても王妃は『気の合う小さな友達』なのだ。

いつもは遠く離れたロアの地で暮らしている馬は王妃と遊びたくなると、ふらりと王宮に現れる。

七日ほど前にもそうやって来たのだが、翌日からあいにくの雨続きで、グライアはずっと厩舎に閉じこめられていたのである。

くさくさしていたのは馬だけではない。乗り手の王妃も同じことだ。放っておくとどこまでも走って行きかねないので、シェラはさりげなく釘を刺した。

「遠乗りは結構ですが、あまり遅くならずに戻って来てください。今夜はお待ちかねのシチューを召し上がっていただく予定ですから」

「やっとか！」

王妃が快哉《かいさい》を叫んだのには理由がある。

四日前の夕食時のことだ。腕を振るった山盛りの前菜に続けて主菜《メイン》に自信作の兎のローストを出すと、王妃はちょっと戸惑った顔になった。

王妃には好き嫌いはない。甘いもの以外は何でも食べる。特に肉は選り好みせずによく食べる。

もちろん兎肉も好物だ。

シェラは味付けや料理法にもいろいろと凝《こ》って、今夜は香草を利かせたソースをあしらってある。

今まで味付けに文句を言われたことはないのだが、それが気に入らなかったのだろうかと焦《あせ》っていると、王妃は言いにくそうにしながら尋ねてきた。

「牛じゃなかったのか？」

「は？」

「気のせいじゃないよな。牛肉の匂いがしてるから、今夜は牛の料理だと思ってたんだ」

それなのに出てきたのはきれいに焼けた兎だった。

もちろんこれはこれでとても美味しそうなのだが、今も強く匂いの漂う牛の肉はどこにあるんだろうと疑問に思ったらしい。

「だいぶ食べたからなあ。いくらおれでもこの兎を食べた後、牛までは入らないと思うんだけど……」

せっかくの料理を残すわけにはと心配する王妃に、シェラは微笑して言った。

「今夜はこれでおしまいですよ。あなたの言う牛はまだ鍋の中です。今もとろ火に掛けてあります」

硬い牛肉の塊《かたまり》を野菜や香草と赤葡萄酒《あかぶどうしゅ》と一緒に煮込むシチューは煮込めば煮込むほど美味しくなる料理だから、仕込みは今日でも食べ頃はずっと後だ。

「この兎は別の竈《かまど》で調理したんですよ。兎の匂いは感じなかったんですか」

「そりゃあしてたけど、兎と牛じゃあ牛肉のほうが匂うからな」

どうやら気分はすっかり『牛！』だったらしい。

シェラはすまなそうに言ったものだ。

「期待させてしまったのなら申し訳ありませんが、あの牛はまだ食べられませんよ。これからしばらく煮込むんですから」

「どのくらい？」

「そうですね。少なくとも三日から四日は……」

「そんなに煮たら肉が溶けてなくならないか？」

「今のままでは逆に硬すぎるんです。あなたが硬いお肉をものともしないのは知ってますけど……」

急いで言い添えたシェラだった。

「煮込み始めたばかりで味も染みていませんから、召し上がっても美味しくないと思いますよ」

「そうか。じゃあ待ってる」

王妃はそこで意識を切り替え、眼の前の兎に集中することにしたらしい。しっかり平らげて、今日も美味しかったと笑顔で言ってくれた。

それから三日間、シェラは仕込んだ鍋をとろ火でことこと煮込んできた。

その間、王妃には魚や山鳥の料理を出してきた。

王妃は基本的に出されたものに文句は言わないが、宮中に濃厚な牛肉の匂いが漂っているのに出てくる料理は牛ではない。

これがどうにも苦痛だったらしい。

今すぐにでも食べると言いそうな勢いだったので、シェラは苦笑しながらたしなめた。

「たった今、朝食を召し上がったばかりでしょう。牛は今夜のお楽しみに取っておいてください」

「お弁当にできないかな？」

「あんな汁気の多いものを持ち運ぶのは無理ですよ。第一、夜までもう少し寝かせる必要があるんです。お弁当がご入り用なら他に用意しますから」

王妃は眼を丸くして両手を上げてみせた。

「ものすごい気合いの入り方だな。——わかった。どこまで走るかわからないからひとまず弁当を頼む。暗くなる前には必ず戻るよ」

「お願いします」

シェラは手早く、ハムやチーズ、ピクルスなどをパンに挟んだ弁当をつくって王妃に持たせた。

ただし、量はかなり控えめである。

王妃がそれを眼で問いかけると、シェラは笑って念を押した。

「お腹を空かせて帰って来ていただきたいので」

王妃は呆れたように肩をすくめた。

外へ出かけようとして、足を止めて振り返ると、ちょっと悪戯《いたずら》っぽい顔で言ったものだ。

「その煮込み、肝心の量は足りるんだろうな。もし足らなかったら、おれはきっと鍋まで食べるぞ」

シェラもわざと真面目な顔をつくって頷いた。

「いいでしょう。大事な鍋を食べられてはかないませんから、受けて立ちますよ。いくらあなたの胃が底なしでも、寸胴《ずんどう》いっぱいにつくりましたからね」

「それを聞いて安心した」

満足そうに頷いて、王妃は西離宮を後にした。

一人になると、シェラは忙しく働き始めた。

久しぶりの晴天となれば、まずは洗濯だ。長雨が続いたので洗い物がたまっている。

庭先に洗い桶を持ち出して、井戸から水を汲《く》み、袖をめくり上げて、布巾や手拭いから洗い桶に浸け、その間に王妃の寝台から敷布を剝《は》がす。

布巾や手拭いはともかく、大きな敷布を洗うのは実はなかなかの力仕事である。経験とこつが必要な仕事だが、山のような洗濯物をせっせと洗い、固く絞って、陽光の下に干していく。

一休みする間もなく、次は掃除に取りかかった。

普通、王妃付きの女官ともなると、こんな仕事は自分ではやらない。もっと身分の低い娘《こ》たちがやる。

そもそも一国の王妃に仕える女官が一人だけとは、他国ではあり得ないことだ。

ざっと数えても水汲みや雑事をする下層の女中、掃除婦、食事をつくる料理女、その皿を運ぶ給仕、洗い物をする女、洗濯女などがいる。

この上に針を使う召使いがいて、着替えや化粧を担当する女たちがいる。通常はその上に王妃の身の回りの世話を務める侍女ないしは女官がいるものだ。

しかし、ここではシェラは一人ですべての雑用をこなしている。まだ雨滴に濡れている窓枠を拭き、家具を磨き、浴室と台所を掃除し、床まできれいに磨き上げた頃には、陽はかなり高く昇っていた。

この間もシチューはずっと火に掛けてあったが、それを熾火《おきび》にして、シェラは本宮の食料庫に下りた。

自信ありげに断言したものの、シチューだけでは心配だから副菜を用意しようと思ったのである。

文字通りコーラル城の胃袋を支えている場所には毎日新鮮な食材が届けられる。大きなハムが吊され、ソーセージが蓄《たくわ》えられ、搾《しぼ》りたての乳でつくられたクリームやチーズが収められている。

コーラル湾で獲れたばかりの新鮮な魚介類、山の幸、南方から届いた珍しい香辛料も揃っている。

街中のどんな市場よりも品数が豊富で、質も高い、料理をたしなむ者にとっては夢のような場所だ。

食料の出し入れや加工に忙しく働く男たちの中に、何やら熱心に帳面に記入している男がいた。

その男はシェラに気づくと「あっ！」と声を発し、急いで走ってきて深々と頭を下げた。

「先日はたいへん失礼を致しました」

全身で謝罪の気持ちを訴えるその人に、シェラはむしろ気の毒そうに声を掛けたのである。

「いいえ、どうかそれはもう、お気になさらず」

五日ほど前、シェラは初めてこの人と会った。

女官長のカリンがわざわざ西離宮に人を寄越して、シェラを本宮まで呼び寄せて引き合わせたのである。

「管理番、この娘が妃殿下付きの侍女のシェラです。この人は新しい御膳《ごぜん》管理番のホートンさん」

読んで字のごとくの役職である。

国王の食事はもちろん、本宮で開かれる晩餐会《ばんさんかい》や賓客《ひんきゃく》をもてなす料理の食材を一手に管理する人だ。

シェラは笑顔で名乗り、よろしくお願いしますと挨拶した。これから何かと顔を合わせる人だから、女官長が引き合わせてくれたのだろうと思ったら、管理番は疑わしげな、警戒するような顔でシェラを見つめているし、カリンも何だか微妙な表情だ。

「実はね、この人は西離宮で使われる食材について、おまえにお尋ねしたいそうなのです」

管理番は緊張に身を縮めながらも、ありったけの勇気を振り絞ったように言ってきた。

「……西離宮に持ち出される食材が多すぎます」

それはそうだろう。

そんなことは今さら言われるまでもなかったから、シェラは不思議そうに頷いて、屈託なく尋ねた。

「はい。それが何か？」

カリンが困ったように言ってくる。

「シェラ。おまえは以前から西離宮で妃殿下と同じお食事をいただいていますね」

「はい。もったいないことですけれど……妃殿下の御余《おあま》りをいただいております」

これが王妃が食べ始めるまでシェラが料理に手を付けない理由だった。

別々の皿に盛った段階で間違っても残りものとは言えないが、せめて後から手を付けることで余りを食べているという苦しい理屈を付けているのである。

王妃付きの侍女とはいえ、管理番はそれを咎めているのだろうかと思ったシェラは急いで弁明した。

「ですけど、そのことは妃殿下も陛下もご存じです。決してわたしの勝手でしているわけでは……」

すると管理番も慌てて言ってきた。

「はい。あの、それはよくわかっておりますです。ただ、あまりにも量が多すぎますので……」

シェラには管理番が何を言いたいのか、さっぱりわからなかった。困って瞬きして、眼で問い返すと、管理番は額《ひたい》の汗を拭きながら一気に言った。

「最初は食卓に並べるだけの、実際には召し上がらないお料理をお出ししているのかと思ったのですが、この王宮では陛下のご方針でそのような無駄は極力省いているとのことですので……」

王族の食卓には最初から手を付けないのが前提の料理がずらりと並べられることも珍しくない。

そうすることで富と権力を誇示しているのだ。

手を付けなかった料理はそのまま下げられる。

王族——特に国王にとっては当たり前とも言える光景だが、デルフィニアの国王ウォル・グリークは質素な地方貴族の子息として育っている。

即位したばかりの頃、食卓に所狭しと並べられた料理に眼を丸くしながら、この国王は真顔で侍従に問いただした。

「この城の者たちの眼には俺の胃袋は五つも六つもあるように見えるのかな?」

「滅相もございません」

これが高貴な方のしきたりでございますと当時の侍従はしたり顔で返答したが、ウォル・グリークはそんなことで納得はしなかった。さらに追及した。

「余った料理はどうなる？」

「無論、厨房に下げます。その後は処分します」

「処分？　なぜ捨てるのだ。厨房の者たちが自分の腹に収めるのではないのか」

驚きに眼を見張った国王に、古参の侍従はむしろ哀れむような顔つきで言い聞かせたものだ。

「高貴な方の召し上がるものを使用人が食すなど、とんでもないことでございます」

この返答に国王は呆れ返った。食事の手を止めて料理長を呼び出すと、味は文句の付けようがないが、うまそうな料理が残っているのに満腹になって手を付けられないのは心残りだから、今後は腹八分目の量だけを出してくれるようにと申しつけた。

料理長はこの王命を神妙に頭を下げて了承したが、驚いたのは侍従だ。苟《いやしく》も国王たる方がそのような粗末なお食事をなさってはなりませんと諫言《かんげん》した。

それが侍従の常識だったし、他の王家の常識でもあったが、デルフィニアの新しい国王は笑ってこの諫言を退《しりぞ》けたのである。

「スーシャの料理人でも時と場合に応じて、食べる人間の腹具合に合わせた食事を提供することくらい難なくやってのけるぞ。それともこの城の料理人はそんなことも計れない無能者か？」

侍従はますます慌てて言う。

「いいえ、決してそのようなことは……」

「では、余った料理を処分しているというのは嘘《うそ》か。この料理がないと厨房の者たちが飢えるのか？」

料理長がここで控えめに言葉を発した。

「滅相もないことでございます。賄《まかない》の者たちには、使用人用の食事をきちんと与えております」

「ならば、無駄に捨てられる料理が気の毒なだけだ。今後は俺の腹に見合う量を出してくれ。言うまでもないが、料理長の腕前はお見事なものだ。その腕は王国の正式な式典や他国の賓客を招く晩餐会などで存分に披露してもらいたい」

この王命があって以来、料理長は量は控えめでも趣向を凝らした料理を国王の食卓に供し続けている。

　王妃の食卓も事情は同じはずだと管理番は言って、上目遣いにシェラを見た。

「ですが、どう計算しましても、あなたと妃殿下のお二人では消費しきれない食材が西離宮に持ち出されております。その理由をお尋ねいたしたく……」

「理由と言われましても……」

　王妃が食べるからに決まっていると言うより先に、管理番はいっそう声を低めて続けた。

「言うまでもありませんが、本宮で使用する食材は市井《しせい》では手に入らない高級品ばかりです。生ものは無理としても、中には日持ちする材料もございます。たいへん失礼ながら、あなたにはご家族はいないと伺《うかが》いましたが、たとえば、あくまでたとえばですが、親しいお友達に分けたりなさったりとかは……」

　ここまで聞いて、シェラはようやくこの人が何を言いたいのか理解した。

　菫《すみれ》の眼を丸くして問い返した。

「わたしが……食材の横領をしていると？」

「滅相もございません」

　管理番は完全に首を竦《すく》めて、それでも職務に突き動かされる恰好で、ここ数日分の記録を示しながら、恐る恐る言ってきた。

「妃殿下お付きのお方にそのようなご無礼は決して申しません。わたしはただ、食材の正確な使い道をお教えいただきたいだけなのです」

　シェラが『王妃用と、おまけに自分の分』として要求する食材は男五人の胃袋を満たしてもまだ余る量になると指摘して、管理番は急いで付け加えた。

「もちろん、食材のすべてを消費しつくせないのは承知しております。足の早い生鮮品などは特に……その辺りも伺いたいのですが、西離宮からは残飯の回収も行っておりませんので、どのくらいの余剰の食材が出るのかまったく把握できないものですから、その辺りの事情をぜひとも伺いたいのですが……」

　シェラはまだ啞然としながら答えた。

「残飯は……出ません」

「出ない？」

「いえ、野菜の皮や牛の太い骨などは残りますけど、それはわたしがまとめて庭の隅に埋めておりますし、食べられる部分は滅多に残りません。妃殿下が全部召し上がってしまいますので」

ちなみになぜ牛の骨などを調理したかと言えば、骨の髄《ずい》を食べてもらおうと思ったのだ。その回りの極太の輪になった骨だけは王妃も齧《かじ》らなかった。

そうやってシェラが正直に答えれば答えるほど、管理番の顔にはますます疑いの色が濃厚に広がり、しっかり者の女官長が困り果てて嘆息《たんそく》する。

「妃殿下は非常な健啖家《けんたんか》で、貴婦人らしからぬ量を召し上がる方だとわたしからも説明したのですが、管理番はどうしても納得してくれないのですよ」

ホートンはほとんど泣きそうな顔で言ったものだ。

「お言葉ですが、女官長。いかに健啖家といえども、妃殿下はお若いご婦人です。お付きの方と二人でも大の男三人分の食材があれば充分に足りるはずです。ところが、記録を拝見すると、男が五人がかりでも食べきれない食材が西離宮で消費されていることになっているんです」

——実際、消費されているんです。

シェラの心の声は、嘆きの管理番には届かない。

カリンはシェラをなだめるように言ったものだ。

「おまえが横領などしていないのは承知しています。ただ、このままでは管理番も納得できないでしょう。おまえの口から、妃殿下がどのくらい召し上がるか話してあげてくれないかえ？」

「でしたら、いっそのこと妃殿下に本宮でお食事を召し上がってもらってはいかがでしょうか」

新任の管理番は仕事熱心なだけで、彼に何ら非がないことはシェラにもわかっている。

疑われている自分の口からくだくだしく話すより、実際に見てもらうほうが早いはずとシェラは主張し、カリンももっともと頷いて、国王に協力を求めた。

管理番の疑問とシェラに疑いが掛けられたことをそっと打ち明けると、国王はシェラの災難に同情し、「さもありなん」と頷いて、その日のうちに王妃を晩餐に誘ってくれた。

「たまには本宮で一緒に夕食にしないか」

一応は夫の誘いである。拒否する理由はないが、王妃は不思議そうにこう答えた。

「別にかまわないけど、芙蓉宮《ふようきゅう》でポーラと三人で食べるんじゃだめなのか」

「まさにそれだ」

「どれだ?」

「俺は国王で、国王というものはえこ贔屓《ひいき》はならん立場だということさ。ものの順序もつけねばならん。芙蓉宮の居心地の良さに甘えて、国王が愛妾の元に入り浸りと思われては困る。そんなことになっては俺よりポーラのほうが辛い思いをする」

とってつけたような苦しい言い訳に聞こえるが、国王の主張は紛《まぎ》れもない事実である。

それが理解できない王妃ではないので、納得して頷いた。

「そうだな。本宮の食事も美味しいし、別にいいよ。堅苦しいのがちょっと難点だけど」

「では明日は本宮の食堂で晩餐だ。遅れるなよ」

「正装はできないけどな」

カリンはこの決定をすぐさま本宮の厨房に知らせ、その際、国王の特別な言葉も伝えた。

「明日は王妃が充分に満足する量の料理を頼む」

この命を受けて本宮の厨房は料理長以下ただちに臨戦態勢に入ったのである。

何も知らない王妃は翌日の夜、本宮の食堂に下り、シェラは手伝いとして本宮の厨房に向かった。

その夜の料理長は恐ろしく気合いが入っていた。洗い立ての真っ白な調理服はこの人の戦闘服だ。

シェラを見ると、まさに戦場に赴く騎士のごとく、敵の戦力を尋ねる厳《おごそ》かな口調で問いかけてきた。

「今日の妃殿下はどのくらい空腹なのか」

シェラも慎重に答えた。

「先日の時のような激しい空腹ではないはずですが、恐らく普通程度には召し上がるはずです」

「あの方の普通だな？」

「もちろんです」

「よし。皆、聞いての通りだ。心してかかれ！」

手下として使っている男たちに号令を掛けると、彼らも勇ましく応えていっせいに動き出した。

今夜に備えて昨日のうちから出汁も煮物も入念に仕込みをしてある。

指揮官の料理長は矢継ぎ早に部下に指示を出し、些細《ささい》な遅れも手抜かりも見逃さなかった。

自らは芸術品のような華麗な料理を次から次へと仕上げて、給仕に持たせて食堂に送り出している。

他の男たちも戦場の兵士のように働いている。

一瞬も手は止めずに次の料理に取りかかるのだが、その間に全ての皿が空になって返ってくる。

これを見て唖然としたのが問題の管理番だ。

今まで出した前菜と副菜だけでもかなりの量だ。食の細い女性なら一皿で満腹になってもおかしくないのに、料理長は指示を出し続け、自らも料理をつくり続けるのをやめようとしない。

それどころか、これからが本番とばかりに主菜に取りかかった。それも何種類もだ。

大混乱に陥った管理番はついに給仕係に頼み込み、物陰からそっと国王夫妻の食事の様子を窺《うかが》うという大胆な行動に出たのである。

そこでは眼を疑うような光景が展開されていた。

腹八分目を命じたとは言え、国王は身体の大きな人である。熊のような体格の国王がよく食べるのは当然として、比べれば子羊のように華奢《きゃしゃ》な王妃が、国王に負けず劣らずの旺盛《おうせい》な食欲を発揮している。

といっても、がつがつ貪《むさぼ》り食うわけではない。

軽快に料理を口元に運ぶその様子はむしろ品よく、可愛らしく映るが、その手がいっかな止まらない。

食事中の二人は管理番の困惑や厨房の殺気だった

空気など知る由もない。特に王妃は料理長の腕前に素直に感心して言ったものだ。

「シェラの料理ももちろん美味しいけど、ここのは本当にご馳走って感じだよな。見た目もきれいだし、すごく洒落《しゃれ》てるよ」

「いつもはこれほど豪華ではないぞ。もっと質素だ。俺がそう命じているせいでもあるが、なまじ贅沢《ぜいたく》に慣れてしまうとろくなことにならないからな」

「じゃあ、今日は何でこんなに豪華なんだ？」

「おまえがいるからに決まっている。ひょっとして料理長はシェラに対して密かな対抗意識を燃やしているのかもしれんぞ」

「何でだ？　シェラと張り合う必要なんかないのに。料理長もちゃんと料理上手なんだから」

「コーラル城の料理長が料理上手でなかったら俺が困るわ」

　真理である。

その間も雉《きじ》の冷肉、牛肉の壺煮、豚の丸焼きなど、豪華絢爛《けんらん》な料理の皿がどんどん運ばれてくる。

　日頃は山の中で獲れたての獲物を捌く王妃だが、一流の仕事を評価して楽しむ姿勢は忘れない。

「へえ、この豚、中にいろいろ詰めてある。林檎《りんご》に馬鈴薯《じゃがいも》に……これは栗かな？」

「山栗だ。スーシャを思い出すな。この雉の冷肉も絶品だぞ」

「うん。美味しい」

　和やかな会話が弾む夫婦の晩餐だった。

　王妃は最後まで笑顔を絶やさず、大の男でも音を上げるほど大量の料理をぺろりと平らげて、物陰に隠れていた管理番にごちそうさまと笑って声を掛け、悠然と西離宮に戻って行ったのだ。

　シェラが管理番と会うのはその時以来だったから、管理番は身の置き場もない様子だった。

　王妃付きの侍女に横領の疑いを掛けてしまったと冷汗を浮かべながら平謝りに謝り、シェラのほうが管理番を慰めるのに大忙しである。

「ホートンさんが疑問を抱かれたのはもっともです。わたしも最初はとても信じられなくて……妃殿下はご覧の通り、ごく普通の身体つきの方ですから」

「は、はい。まことにもって……この眼に確かめた今でも何かの間違いではないかと思うほどです」

「それに、わたしもホートンさんに言われて初めて、落ち度があったと反省しました。誤解を招くような行動は慎《つつし》まねばならないのに。申し訳ありません」

「いいえ！　そんな……滅相もない」

銀細工の人形のようにきれいな侍女に深々と頭を下げられて、ホートンは大慌てで汗を拭い、やっと自らの職務に立ち返った。

「それで、今日は何をお持ちになりますか？」

「そうですねえ……」

シェラはホートンと一緒に食料庫を回ってみた。

今日は肉は必要ないから、魚や海老、貝を選び、大量の野菜や茸、干し果実や木の実を選び、用途の異なる小麦粉を数種類頼んだ。


「あとは、そうだわ。そろそろお塩を補充しないと。それに香辛料も……」

管理番はシェラの注文をいちいち書き留めていた。後でまとめて西離宮に届けさせるためだが、ふと疑問に思った口調で尋ねてきた。

「お砂糖やバニラはよろしいのでしょうか。それにチョコレートなども上質のものがございますが」

貴婦人の住居ではもっとも減りそうな食材なのに、西離宮では砂糖もバニラもほとんど使われない。

チョコレートに至っては一度も持ち出された形跡すらない。

「妃殿下は甘いものはあまりお好きでないんです」

「へえ……、陛下はお菓子も召し上がるようなのに、意外ですねえ」

「それは料理長が？」

「いいえ、芙蓉宮の方が……」

言いかけて、管理番ははっとした。緊張に身体を強張らせて慌てて眼を伏せた。

「あ、あの、すみません。忘れてください……」

シェラは逆に優しい微笑を浮かべたのである。

「いいえ、ホートンさん。お願いですから、それも気にしないでくださいな」

この人の態度の理由はよくわかっている。

国王の愛妾というものは通常、王妃にとって快い存在ではない。

身分は圧倒的に王妃が上だ。愛妾は王妃に対して膝《ひざ》を折らなければならない臣下の立場だが、男女の情愛は理屈では計り知れないものがある。

国王が王妃を立てていても、夫の寵愛する女性に王妃が好感を持つはずがない。当然、王妃の侍女も王の愛妾を軽視しているはず――というホートンの懸念はまったくもって正しいし、筋が通っている。

ただし、他の国の王宮ならだ。

この点について誤解されるのはシェラにとっても困ることだったので、熱心に説明した。

「ホートンさん。妃殿下は芙蓉宮の方を可愛がっていらっしゃいます。妃殿下のほうがお歳は下ですが、実の妹のように思っていらっしゃるんです」

ホートンはおずおずとシェラを窺っている。まだ疑っている顔つきだったが、シェラは微笑しながら、しっかりと頷いてみせた。

「嘘は申しません。お疑いなら芙蓉宮の方に聞いてみてください。ご自分がどれほど妃殿下を崇拝していらっしゃるか、きっと熱心に語ってくださいます。芙蓉宮の方にとっても妃殿下は憧れの方なんです」

シェラは辺りを窺って、そっと声を低めた。

「ですから、他のお国のような王妃と愛妾の確執はこのお城では縁がないんです。若い娘《こ》たちはそれが不満で、もっとどろどろした愛憎劇を期待しているみたいなんですけど、わたしとしてはお二人の仲がよろしいのはたいへんありがたいと思っていますし、楽しくお務めさせていただいております」

「へえ……そうなんですか」

新参の管理番は眼を白黒させていた。

ここはどうにも風変わりな城だとあらためて実感したらしい。

それを言うなら王妃付きの女官などというものは、普通は驕慢《きょうまん》で鼻高々で、自分のような下級役人と親しく口をきくことなどまずないのだ。そのことにようやく気づいたのか、管理番は初めて顔に微笑を浮かべて、シェラが選んだ食材や調味料を復唱した。

「後程、間違いなく西離宮まで届けさせます」

「よろしくお願いします」

食料庫を出たシェラは、若い娘たちが働く一角へ足を向けたが、執務室の辺りが何だか騒がしい。

何かあったのだろうかと思って、行ってみると、侍従たちが右往左往している。その一人がシェラの姿を見て「あっ！」と声を上げて駆け寄ってきた。

先程の管理番とそっくり同じ行動である。

違ったのはその後で、血相を変えて訊いてきた。

「妃殿下はどちらへお出かけになった⁉」

これでは質問ではなく詰問である。

他の侍従たちまでわらわらとやって来て、固唾《かたず》を呑んでシェラの言葉を待っている。

ただならぬ空気に反射的に怯《おび》えたふりをしながら、シェラは正直に答えた。

「どちらへと言われましても……今日は久しぶりに晴れたので、お馬さまと遠乗りに行くと……」

「行き先はおっしゃらなかったのか？」

「はい。妃殿下にも行き先などわからないはずです。お馬さまが走りたい方向に走り続けると思いますが……何かあったのですか？」

侍従たちは呻《うめ》き声《ごえ》を発して頭を抱えている。

もはやシェラにかまっている場合ではないらしい。

深刻な顔で何か話しながら遠ざかって行く。首を傾げるシェラに顔見知りの小者がそっと近づいて、笑いを嚙《か》み殺《ころ》しながら囁《ささや》いた。

「陛下に逃げられてしまったんですよ」

「えっ？」

「先程、妃殿下がいらっしゃって……」

国王が仕事中の執務室に入るためには取り次ぎを通さなければならないが、王妃だけは例外だ。

いつものように自分で執務室の扉を開けて入ると、仕事中の国王に平然と話しかけたらしい。

「よう、元気か」

「ああ、何とかな」

これが夫婦の、しかも国王と王妃のやりとりかと思うと涙が出るが、この二人にはいつものことだ。

王妃は国王を見て、呆れて言ったらしい。

「おまえ、今日も朝から机に張り付いてるのか？このところずっとじゃないか」

「まあな。この長雨で決裁事項はだいぶ片づいたが、身体が鈍《なま》っていかん」

「せっかく晴れたんだ。ちょっとつきあわないか」

ここで極めてさりげなく侍従たちが進み出た。

「お言葉ですが、妃殿下。陛下には本日これからもいろいろとご予定がございます」

「さようでございます。いささか面倒な土地境《ざかい》に関する問題が持ち込まれております。これは陛下に裁いていただきませんと……」

王妃は笑いながら片手を振り、たったそれだけの仕草で侍従たちを黙らせた。

「心配するな。こんな大きなものを攫《さら》いやしないよ。気分転換にちょっと外に出るだけだ」

国王が言う。

「何か当てがあるのか？」

「ああ、ラティーナが教えてくれたんだけど、南の赤煉瓦《あかれんが》の庭で秋の薔薇《ばら》が見頃なんだって」

コーラル城には数多くの庭がある。

それぞれ趣向を凝らし、季節に応じて様々な顔を楽しめるように設計してある。

国王も乗り気になって立ち上がった。

「そうだな。あの裁きは急を要するわけでもない。薔薇の香りで息抜きしても罰はあたらんだろう」

そこで侍従たちは供をすると申し出たが、今度は国王が苦笑しながら言ったのだ。

「諸君たちの職務熱心には敬意を表するが、散歩の間くらい王妃と二人にさせてくれてもいいだろう」

主君にこう言われてしまっては仕方がない。

国王がこのところ仕事詰めだったのも本当だから、気晴らしに散歩していただく程度は結構なことだと思って送り出したら、なかなか戻ってこない。

心配になって問題の庭まで迎えに行ってみると、国王も王妃もいない。庭木の手入れをしていた植木職人に陛下がいらっしゃらなかったかと尋ねると、その職人は仕事の手を止めて不思議そうに答えた。

「へい。いらっしゃったと言いますか、通り過ぎて行かれましたが……」

「どちらへ行かれたのだ？」

「あっちの、厩《うまや》のほうです」

侍従たちは血相を変えて厩に駆けつけた。

案の定、国王の愛馬がいなくなっている。

馬屋番の話では、先程、国王と王妃がやって来て、それぞれの愛馬に鞍《くら》を置いて引いていったという。

「な、なぜお止めしなかったのだ！」

侍従たちはかなりの剣幕で馬屋番を叱責したが、馬屋番も呆れ返って困惑の顔つきで言い返した。

「陛下がご自分でご自分の馬を引き出されたのを、あっしがお止めするんですか？　冗談じゃあねえ。そんな真似はとてもとても畏れ多くて……」

至極もっともである。

逃げられてしまったという小者の言葉を理解して、シェラもくすくす笑いながらその場を離れた。

執務室や客間が並ぶ表向きの区画から細い廊下を曲がるだけで、壮麗な宮殿の様子ががらりと変わる。

召使いたちの仕事場や居住空間があるこの辺りは、シェラにとっては馴染みの場所だ。

中でも針仕事に使われている部屋へ行ってみると、そこには様々な種類の布が広げられていた。

王宮で使う雑巾から侍従の衣服、料理人の調理服、侍女が自分で着る服まで針仕事はいくらでもある。

せっせと針を使っているのはまだ若い侍女たちで、

顔を出したシェラに親しげに笑いかけてきた。

「妃殿下は今日はお出かけなの?」

「ええ。久しぶりに晴れたから、朝からお馬さまと遠乗りですって。陛下もご一緒だそうよ」

針を使う侍女たちの手にあるのは黒天鵞絨《くろビロード》の上着、緋色の外套《がいとう》など、それぞれ非常に高価な生地だ。

上着の袖や襟《えり》に施された豪奢な金糸の刺繍《ししゅう》を繕《つくろ》い、外套には新たに金糸の房を付けている。

ちょうど昼食にするところだったようで、みんな仕事の手を止めて立ち上がった。近くに使用人用の台所があり、いい匂いが漂ってきている。

シェラは遠慮がちに尋ねた。

「わたしもご一緒してもいいかしら?」

王妃がいないのに侍女のシェラが西離宮で食事を摂るわけにいかないことはみんな知っているから、快く仲間に入れてくれた。

この日の昼食は熱いチーズを載せた堅焼きパンと、濃厚な味付けの野菜スープだった。

料理長のつくる華麗な芸術品とは次元が違っても、こうした料理も充分に美味しい。

和気藹々《あいあい》とパンを食べ、スープを味わいながら、シェラは国王が出かけたことをみんなに話した。

「黙って抜け出したりなさって大丈夫かしら。何か難しい領地のお裁きをしていただかなくてはって、ご家来衆は言っていたけど……」

「ああ。だから陛下はお逃げになったんだわ」

「きっとそうよ。その領地争いってポリシアの南のクルトさまとアングルさまよ」

二人の領地は大穀物庫《だいこくもつこ》のポリシア平原に隣接しているのだが、先日、二人の家の蔵から百年以上前の古い地図が発見されたという。

それによると、ポリシア平原の一部は自分たちの祖先のものだった。確たる証拠が出てきたのだから、この機会に境界線をあらためてほしい、その土地を返還してほしいと二人の領主は主張しているという。

シェラは驚いて問い返した。

「ポリシアを返還ですって？」

「ところが、ポリシアのベルミンスター公爵さまがお持ちの地図では、そこはポリシアの領地なのよ」

「では、どちらの地図が古いの？」

彼女たちは精一杯しかつめらしい顔をつくった。

「そこよ、問題は」

「クルトさまたちの地図のほうが古いの。お二人はそれを根拠に土地の返還を要求しているのよ」

どうして境界線が移動したのだろうと思いながら、シェラも真顔で尋ねた。

「ポリシアはベルミンスター公爵さまの土地だけど、王国の穀物庫でしょう。その土地を欲しいだなんて、お二人は謀反《むほん》を疑われたりしないのかしら？」

すると、娘たちはいっせいに声を立てずに笑った。

おかしくてたまらない様子だった。

なぜといって彼らが自分のものだと主張している土地は広大なポリシア平原の何万分の一にすぎない。

面積に直せばこの本宮よりずっと狭いのだ。

シェラは眼を丸くして問いかけた。

「……あの、たったそれだけ？」

「そうなのよ。たったそれっぽっちの地面を、元は自分のものだって、どうしても自分の領地に加えてほしいって言い張って聞かないの」

「しかも、お二人のものだったというその土地は、昔は大きな岩がごろごろしている荒れ地だったり、沼の近くの湿地帯だったりで、ほとんど作物は獲れなかったんですって。数年前にようやく開墾《かいこん》されて、小麦が獲れるようになったらしいのね。そうしたら、途端によ。そこは本当は自分たちの土地なのだから返せとおっしゃるのよ」

要はポリシアの豊かさが羨《うらや》ましくてならない隣の領主たちが、百年以上前の地図を見つけたのを幸い、所有権を認めてくれと言ってきたわけだ。

こんな事情では、侍女たちの口調や態度に軽蔑の響きが濃厚に表れているのも当然である。

シェラも芝居ではなく呆れ返った。

人の欲には限りがないという見事な実例に吐息を洩《も》らしながら、見事な銀の頭を振った。

「驚いた……まるで言いがかりみたいね」

「甘いわ、シェラ。『みたい』じゃないわよ」

「そうよ。こんなの正真正銘の言いがかりだわ」

政治にはほとんど興味を示さない若い侍女たちがこの一件にはなぜか義憤を顕《あら》わにしている。

そのことに驚き、少々気圧《けお》されながら、シェラは当然の疑問を口にした。

「だけど、不思議ね。どうして境界線の違う地図が二枚あるのかしら？」

一人がとっておきの情報を話す時のわくわくした顔つきで身を乗り出した。

「宰相さまがご家臣と話していらっしゃるところにたまたま居合わせて聞いたんだけど、クルトさまとアングルさまの祖先は、その土地を当時ポリシアの領主だったベリンジャーさまに譲ったのだろうっていうのが宰相さまのお考えだったわ。それもうんと破格の値段で。たとえば馬十頭とか小麦五十袋とか、口約束だけでやりとりしたのかもしれないって」

「ベリンジャーのご先祖も迂闊《うかつ》よね。そういう時はきちんと譲渡の証文をつくるものなんでしょう」

「だから、証文をつくるのも馬鹿馬鹿しいくらいの、ほんのちょっぴりの痩《や》せた地面だったのよ」

「まさか百年以上も経ってから子孫がこんなことを言ってくるなんて思わないもの」

彼女たちはうんうんと頷き合っている。

一人が眉《まゆ》をひそめながら言った。

「このことでベルミンスター公爵さまもお困りなの。とても心を痛めておられるのよ」

シェラは戸惑って尋ねた。

「お困りにって、どういうこと？」

「ほら、ベルミンスター公爵さまは誠実な方だから、最初はお二人の主張を容れて、その土地をお二人に返そうとされたらしいのね。そうしたら……」

「地元の人たちが大反対したんですって」

本宮より狭いとはいえ、昔は荒れ地だった土地は今では人の手で開墾された立派な耕地である。

その土地で実際に作物をつくっている領民たちはクルトやアングルの領民になるのは絶対にいやだと、頑として拒んだらしい。

領民たちの言い分はこうだ。

ベルミンスター公爵さまの下だからこそ安心して働けるのであって、クルトさまやアングルさまではまことに失礼だが信用できない。働いても働いても暮らしが成り立たない重税を課せられ、一家揃って首を括《くく》る羽目になるのは今から眼に見えている。

どうしても彼らの領民になれと言われるなら、

「思いきって死んだつもりで夜逃げいたしますんで、そのお許しをいただきたいです」

そこまで捨て身で言われてしまい、ロザモンドは頭を抱えてしまったという。

そこで今度は、クルトとアングルに土地の代価を払うことで事態を収めようとした。

二人は旨《うま》みが欲しいだけだろうし、ロザモンドにとってはたいした金額ではない。金で片がつくなら、さっさと払って終わりにするつもりだった。

ところが、この案にベルミンスターの家臣たちが強い抵抗を示したという。

ベルミンスターの家臣たちはクルトやアングルの身勝手な言い分に腹を立てている。自分たちの主がこんな横暴に屈するのは我慢がならなかったようで、かなり厳しい口調で諫言したらしい。

「恐れながらその為さりようは、御方《おかた》さまの為さることとも思えませぬ」

「さよう。ここでそのような前例をつくられるのは良策とは申せませぬ。問題の土地は少なくとも百年近く前からポリシアの領地だったのですぞ」

「いかさま。さらに申せば、一度でも前例を認めてしまうのはいかがなものかと。この先、あの二人に倣《なら》うものが続々現れないとも限りません」

これまたもっともな意見である。

なまじちっぽけな土地だけに始末が悪かった。

ロザモンドとしても、こんな些細な問題に時間を掛けたくはないのだが、どうしても有効な解決法が見つからない。進退窮《きわ》まって、国王に仲裁を求めた。

「……身内のかような些事にお忙しい陛下のお手を煩《わずら》わせるのはまことに恐縮でありますし、心苦しい限りですが、何とぞお知恵を拝借致したく……」

と言われても、ここまでこじれてしまっていては、国王にもすぐに有効な打開策など見つけられない。

クルトとアングルは自分たちの主張こそ正当だと信じきっており、驚いたことに王宮まで押しかけて、今も国王の裁きが下るのを待っているのだという。

シェラはしみじみと言った。

「……それは陛下もお逃げになるわね」

領地争いなどに興味を示さないはずの侍女たちが妙に熱心な理由がやっとわかった。

男装の麗人であるロザモンドは城で働く娘たちに非常に人気がある。彼女たちはこんな言いがかりで公爵さまを困らせるなんてと憤慨《ふんがい》しているのだ。

実際、彼女たちはこの問題に興味津々《しんしん》のようで、それぞれ憶測を話し合っている。

「あの剣幕では諦めろと言っても無理でしょうしね。陛下はどうお裁きになるおつもりかしら？」

「まさか、お二人の味方はなさらないわよね？」

「当然よ。お話を聞けば聞くほど馬鹿馬鹿しいもの。陛下はそんなことはなさらないわ」

「シェラはどう思う？」

「……そうねえ」

国王がどんな決定を下すか、シェラも気になって考えたが、答える前に話題が変わってしまった。

若い娘たちの主な興味はやはり結婚である。

王宮で働く未婚の娘は一定の任期を勤め上げると、暇をもらって嫁に行くというのが普通なので、次は誰が嫁に行くのかという話の流れになり、ここでも注目されたのはシェラだった。

「シェラもそろそろお嫁に行く年頃でしょう？」

「そうよ。シェラなら引く手あまただわ」

　こんな時、シェラはいつも曖昧《あいまい》に笑って、明確な答えは返さないようにしている。

「わたしはまだいいわ。お城勤めが楽しいもの」

「もったいないわよ、そんなの。シェラならどんな玉の輿にも乗れるのに」

「アニィもポーリーヌも良家にお嫁に行ったもの。シェラにもきっといいご縁があるわ」

　彼女たちが熱心に太鼓判を捺《お》すのも頷ける。

　シェラの透けるような白い肌と月光のような銀髪、菫色の瞳は見るものの眼を引きつけずにおかない。

　人はすばらしい美少女だと言うだろう。シェラもそう言われる容姿であることを自分で知っている。

　しかし、シェラは実は少年なのだ。

　誰にも疑われたことはない。

　見破られたこともない。

　ただ一人、あの王妃を除いては——。

　食事を終えた娘たちはそれぞれの仕事に戻った。

　シェラも昼食の礼を言って部屋を出ようとした時、一人がこんなことを言うのが聞こえた。

「今日もローナは来なかったわね」

「ローナがどうかしたの？」

　顔なじみの娘だが、そういえば姿が見えない。

　何か他の仕事をしているのだろうと思っていたが、三日前から風邪で仕事を休んでいるという。

「ちょっと長引いているみたいなのよ……」

「あの子にもいいお話があって結婚が決まったのに。早く治るといいんだけど……」

　たかが風邪とは間違っても侮れない。こじらせて命を落とした例は数え切れないほどあるのだ。

「今は病室にいるの？」

「ううん。あの子の家は三の郭《かく》だから、この間からお許しをもらって自宅に帰っているわ」

「それなら、わたしがお見舞いに行ってくるわ」

　王妃がいない場合、シェラはかなり行動の自由が利くのである。

彼女たちもそうしてくれれば嬉しいと口々に言い、シェラはローナの様子を見てくると約束して、まず女官長のカリンを捜した。

カリンは本宮に仕事部屋を持っているが、日中は滅多にそこにはいない。王宮を訪れる来客の応対や貴婦人たちの相手に追われている。

廊下を進んでいると、カリン直属の年配の女官が通りかかったので尋ねてみた。

「女官長はどちらにおいででしょう？」

「新しくお城に上がる娘たちの面接をしていますよ。輪宝菊《りんぽうぎく》のお部屋です」

「ありがとうございます」

「お邪魔をしてはいけませんよ」

「はい。心得ております」

召使いにも厳然たる格がある。

この女官は先程の娘たちと違って小身貴族の出で、もう長いことカリンに仕えている一人だけに、口のきき方も自然とあらたまったものになる。

輪宝菊の部屋に顔を出すと、女官長が五、六人の少女たちと面談しているところだった。

年頃はみんな十四から五だろう。

まだまだ初々しい少女たちが、王宮という特別な場所に上がる興奮に顔を染めているのが可愛らしい。

シェラは面接が終わるまで待つつもりだったが、カリンはシェラを見ると、ちょうどいいとばかりに招き寄せて、少女たちに紹介した。

「これは妃殿下付きの侍女のシェラです。妃殿下がいらっしゃらない時は本宮にも顔を出しますから、皆きちんと挨拶するように」

少女たちはいっせいに尊敬の眼をシェラに向けて、ぎこちなく頭を下げてきた。

王妃付きの侍女というのは王宮に勤める娘たちにとっては羨望《せんぼう》の的なのだ。

ただし、この王宮に限っては、後で王妃の実態を知って理想と現実のあまりに激しい落差に驚愕《きょうがく》し、困惑し、唯一その側仕えを務めるシェラにさらなる尊敬の眼差しを向けるのが常だが、そんなことを、今わざわざ話す必要もない。

　少女たちが緊張の面持ちで下がった後、シェラはカリンに用件を切り出した。

「お忙しいのに申し訳ありません。お預けしているお給料の一部を出していただきたいと思いまして」

　城で働く召使いには月に一度、給金が出る。

　未婚の娘たちはその給金を貯めてちょっと贅沢な買い物をしたり、実家に仕送りしたりしているが、シェラにはほとんど使い道がない。

　貯まる一方の現金を自分で管理するのも面倒で、普段はカリンに預かってもらっているのだ。

「かまいませんよ。おまえのお給金なのですから。いくら必要なのです？」

「はい。金貨を一枚」

　カリンは片方の眉をちょっと上げた。

「大金ですね。おまえのことだから間違いはないと思うけれど、何に使うのです？」

　城勤めの侍女たちを監督するのはカリンの大事な仕事の一つだ。素行にも気を配るのは当然である。

　そこでシェラはローナの話をした。

　ひょっとしたら病気が長びいているのかもしれず、もしそうだとしたら医師にも薬にもお金が掛かる。

　見舞い金として使いたいと説明すると、カリンは訝《いぶか》しげに言ったものだ。

「はて……。あの子の病《やまい》はそれほど重いとは聞いていないのだけれど……」

　ローナが三日も休んでいるのは本当だが、無理に登城して他の人に風邪を移しては申し訳ないからとローナの親が考え、大事を取っているのだという。

　シェラはほっとして頷いた。

「それならいいのですが、やはり気になりますから、今日は妃殿下もお留守ですし、これから様子を見て参りたいと思います」

「そうですね。それがいいでしょう。わたしからも頼みます。ですが、ローナの容態が良好だとしたら、お見舞いに金貨一枚は多すぎますよ」

「その時は結婚の祝いとして置いて参ります」

「ああ、それはよいこと」

カリンはシェラを伴って自分の仕事部屋へ行った。

女官長としてかなりの大金を扱うカリンなので、この部屋には頑丈な金庫が設置され、カリンはその鍵を常に自分で持ち歩いている。そこからボルギム金貨を一枚取り出してシェラに渡してくれた。

「ローナの家はわかりますか?」

「はい。ローナの父親は確か近衛三軍の小隊長で、住居は大手門近くの近衛官舎だと聞いていますから、行けばわかると思います」

頷いたカリンは、なぜかシェラの顔を見つめて、吐息を洩らした。

「おまえもそろそろ嫁ぎ先を考えなければならない時期だというのに……」

「いいえ、カリンさま。わたしは……」

シェラは慌てて言った。

「できれば、ずっとこちらに置いていただきたいと思っているのですが、いけませんでしょうか?」

「とんでもない。おまえの心は本当に嬉しく思っていますよ。わたし以上に妃殿下はお喜びのはずです。でもね、シェラ。何も今から一生を未婚で過ごすと決めてしまうことはないでしょう」

侍女の中でも王妃の側仕えは最高の栄誉であるが、その務めを続ける限り結婚はできない。

終生独身で貴人に仕える女性は珍しくない。むしろ、王族に仕える女性の場合、それが普通であると言ってもいい。

だが、女官長は、この若く美しい娘に女としての幸せを捨てさせるのは忍びないと案じているのだ。

「わたしも一度は結婚のために王宮を辞しましたが、またこうして職場に復帰したのですから」

その道を選ぶこともできますよとカリンは優しく諭してくれたが、シェラにはあり得ない選択だ。

「ですが、わたしには親もありませんし……」

「心配しなくとも、わたしがおまえの身元引受人になります。おまえがどこへ出しても恥ずかしくない娘であることは、このわたしが保証します」

コーラル城の女官長が太鼓判を捺した娘となれば、妻にと欲しがる家は跡を絶たないだろう。

この人にここまで言ってもらえるのは城に奉公に上がった娘たちにとって得難い勲章である。

シェラも誇らしさに顔を輝かせたが、それ以上に困惑の色を顕わにしていた。

「カリンさまにそう言っていただけるのは、本当にありがたく、身に余る光栄だと思います。ですけど、わたしは……」

シェラは本当に困っていた。

若い娘が（それも自分のような美しい娘がだ！）結婚をいやがる適当な理由が思いつかなかったのだ。

結局、ひどく躊躇《ためら》いながらも本当の理由を正直に告げる羽目になった。

「お嫁に行くより、妃殿下のお傍にいたいんです」

カリンは再度、深く嘆息した。

「やれ、まあ、困ったこと……」

「申し訳ありません……」

「シェラ。誤解はしないでおくれ。おまえはとても優秀な侍女ですよ。おまえがいてくれて、どれだけ助かっていることか。率直に言うなら、わたしとておまえを手放したくはないのです。――かといって、おまえの献身の心に甘えて、あたら若い娘の人生に犠牲を強いてもよいものかと……」

「とんでもない！　決して犠牲などでは。わたしは今のお務めに心から満足しております」

シェラの必死の抗議に、カリンは笑顔で頷いた。

「おまえが心から妃殿下にお仕えしているのはよくわかっています。それだけに惜しいと思うのですよ。あの妃殿下のお世話が務まるのなら、どんな殿方を夫に持ってもおまえは立派な妻になれるはずです。妃殿下にしても、おまえさえその気なら、いつでも嫁に行ってよいと言ってくださるはずですよ」

芝居ではなく、シェラは途方に暮れてしまった。

この人はシェラを未婚の娘だと信じている。

お門違《かどちが》いもいいところなのに、シェラはカリンのその気持ちをどうしても笑えなかった。

シェラには母親の記憶はない。

だが、もし自分に母というものがいたらこういうものだろうかと思い、この人を嘆かせたくはないと思った。心配させたくないともだ。

「では……嫁になど行くなと言っていただきたいと思うのはわがままでしょうか」

「………」

「わたしは他のどんな旦那さまにお仕えするより、妃殿下にお仕えさせていただきたいと思います」

眼を丸くしていたカリンの顔に苦笑が浮かぶ。

「おまえもですか」

「は?」

「あまり大きな声では言えませんが、芙蓉宮の方もどなたの愛妾かわからないご様子ですからね」

シェラは咄嗟《とっさ》に笑いを噛み殺した。

今のは無論カリンの冗談だが、ポーラの王妃への心酔ぶりは確かにそう思われてもおかしくない。

カリンは苦笑を残したまま、首を振った。

「困ったことに、おまえの幸せを見届けたいと思う反面、それではは後任の侍女を育てなくてはとすると、なかなかおまえに敵《かな》う人材には出会えません」

それこそがシェラの誇りだ。急いで言った。

「無理もないと思います。わたしはお山の暮らしが好きですし、今となっては自分の性に合っていると思っていますが、西離宮でのお務めは、他の方にはいささかお気の毒です」

「ええ。それもわかっています。おまえが来るまで、どんな娘をやっても長続きしませんでしたからね」

若い娘だけではない。思いきってカリンの腹心を向かわせたこともあるのだが、皆、三日と保たずに音を上げて逃げ出してしまったという。

西離宮のすぐ背後に広がるのは狼や熊の闊歩《かっぽ》する

パキラ山だ。厳重に戸締まりをしても、夜になれば狼の咆哮《ほうこう》がぞっとするほど近くで響く。

では昼間なら安全かと言えば、王妃の『友達』の大きな灰色狼がのっそりと離宮に入り込んできて、平然と床に寝そべっていたりする。

この状況に平然としていられる人間は珍しい。

若い娘はもちろん屈強な男でも、こんなところで何日も過ごすにはよほど丈夫な神経が必要だろう。

しかし、西離宮勤めの侍女が長続きしない原因はこうした環境ばかりにあるのではない。

もっとも大きな理由の一つとして、普通の女性は主人である王妃を理解できないのだ。

あの王妃は見た目は若い女性である。

言葉や態度は粗暴でも、実は絶世の美女と讃《たた》えておかしくないほど美しく、頭のいい人でもある。

ところが、中身はまったく別のものだ。

それを知らずに王妃を若い女性と思って接すると、何かが違う、どうもおかしいという感覚がだんだん膨らんでくる。

それは次第に王妃に対する違和感に育つ。

端的に言えば、王妃の行動や思考が理解できずに恐ろしくなってくるのだ。

カリンはそれを知っている希有《けう》な人の一人だから、カリンが王妃の世話を務める分には問題はないが、女官長の職務を放棄するわけにもいかない。

結局のところ、西離宮勤めが務まる奇特な侍女は、今のところシェラ一人ということになる。

コーラル城の女官長は達観した微笑を浮かべて、稀少な侍女に温かい言葉を掛けた。

「おまえを得たことは本当に好運でした。妃殿下にとってても我らにとってもです。矛盾《むじゅん》しているかもしれませんが、これからもよくお仕えしておくれ」

「はい、もちろんです」

何が幸せかはその当事者にしかわからない。

今の自分は本当に幸せなのですという思いを短い答えに込めて、シェラは頷いた。

本宮を出た後、シェラはすぐには正門へ向かわず、厩に足を向けてみた。

王妃と国王が出かけた時の様子を聞いておこうと思ったのである。

厩では大勢の人が働いているが、せっせと馬房を掃除していた馬屋番がシェラを見て笑いかけてきた。

「おや、いらっしゃい」

この馬屋番はいわば厩舎の主だった。

王家の馬を一手に担当しており、身分は低くても馬に関する知識も経験もずば抜けている。

シェラは王妃の供をして、よく厩に顔を出すので、この馬屋番とも顔見知りだった。

「さっきはご家来衆が大変だったんですって？」

王妃付きの女官といえば馬屋番より遥《はる》かに身分が上だ。本来なら対等に口をきけるはずはないのだが、シェラは少しも気取らずに馬屋番とも話をする。

だから馬屋番も、侍従たちには黙っていることをシェラには気軽に打ち明けてくれたりする。

侍従たちの前ではそんな素振りは見せなかったが、馬屋番は、彼らが国王を執務室につなぎ止めようと躍起になったことを嘲笑していたようだった。

「やっと晴れたんだ。陛下がちょっとばかり外出を楽しまれたって罰はあたるまいによ」

「本当にね。王妃さまもずっと退屈そうだったわ」

「そりゃあ黒主《くろぬし》だって同じことさ。この長雨続きでかなり苛立っていらしたからな」

黒主とは王妃の愛馬グライアの異名である。

馬に敬語で話すのも、相手が「王妃の愛馬」なら当然と言えるが、それだけではない。この馬屋番はグライアに畏敬《いけい》の念を抱いてすらいる。

「あんな名馬は千頭に一頭もいない」

というのがその理由だ。

そして彼はグライアを崇拝するのと同じように、その馬を乗りこなす王妃を尊敬していた。

何しろ、グライアは人の手を受け付けない。

馬の扱いにかけては誰より自信のある自分たちがどんなに話しかけても馴染ませようとしても拒まれ、手綱を掛けることも鞍を置くこともできない。

その馬が唯一、王妃にだけは鞍を置くことを許し、喜んでその人を背中に乗せているのだ。

一度、馬屋番は恐る恐る王妃に言ったことがある。

「轡《くつわ》は掛けなくてもよろしいんで？」

「本人がいやがってるからな」

「へ……ですけど」

それでは乗り手の意思を馬に伝える手段がないと、馬屋番は言い募ろうとした。戦馬《いくさうま》として使う場合、人はただ馬の背に揺られていればいいというものではない。馬上で弓を引き、剣や槍《やり》を振るって戦わなくてはならない。手綱なしではとても自在に乗りこなせないはずだが、王妃はらくらくと巨大な黒駒を操りながら鮮やかに剣を使っていた。

馬は手綱がなくても乗り手の意思を的確に読み、馬上の人がもっとも戦いやすいように反応していた。

その姿に馬屋番は深く感嘆し、しみじみ洩らしている。あのお方は本物の勝利の女神に違いねえと、
その王妃に親しく仕え、自分にも気さくに接するシェラに対しても、馬屋番が好意的な感情を持っているのは間違いない。ただし、この馬屋番にとってシェラの美貌《びぼう》はあまり値打ちがないらしい。

あくまで崇拝する馬の、ただ一人の乗り手である王妃が可愛がり、これまた唯一傍に置いている娘という視点から、ちょっとだけシェラを認めている。

人の価値観というものは千差万別だと思いながらシェラは尋ねた。

「お二人はどちらへ行くか聞かなかった？」

「陛下はノックス峠まで行くとおっしゃってたな」

ノックス峠はコーラルの東、パキラ山脈の一部を成す峠だが、シェラは驚いた顔で言った。

「そんなに遠くまで？　まあ、あそこまで行ったらお昼を回ってしまうのではないかしら」

「そりゃあ、普通の馬と乗り手ならの話だ」

馬屋番はにやりと笑い、シェラも微笑した。

国王も馬術の達人だ。国王の愛馬もグライアには劣るとしても選りすぐった駿馬《しゅんめ》なのは間違いない。

それにしてもノックス峠が遠いのは確かなので、シェラはちょっぴり心配そうな顔になった。

「本当に夜までに戻ってくださるかしら」

「はん？　どういうこったね」

王妃が楽しみにしている今夜の夕食の話をすると、馬屋番はおもしろそうに笑った。

「お約束をしなすったなら破ることはないだろう。王妃さまは律儀な方だからな。案外、ご自分の足で走って戻らっしゃるかもしれねえよ」

「ご自分の足で？」

「ああ、多分な、黒主はここへは戻っちゃこねえ。ノックスを越えてポリシア平原に出れば、ロアまで一直線だからなあ……」

雨の間ずっと厩舎に閉じこめられていたのだから、ノックス峠を越えた黒主はまっすぐ故郷を目差して走るだろう。そう推測を話す馬屋番の口調はひどく残念そうだったので、シェラも相槌《あいづち》を打った。

「それは寂しくなるわね」

「まったくだ。ずっとここにいてくださったらなあ。何一つ不自由なんかさせねえし、心を込めてお世話するんだが……」

つれない恋人にせつせつと訴えるように言うのがおかしくて、今度は笑いがこぼれそうになったが、馬屋番は真剣そのものだ。

「けどまあ、仕方がねえか。不機嫌な黒主がいると、他の馬が怯えるからな」

「お馬さまは暴れたりするの？」

「いんや、暴れたところで仕方がないって自分でも知っていなさるから、じっとおとなしくしてるよ。それでも他の馬にしてみればおっかないんだろう。——王妃さまとおんなじさ」

「えっ？」

「王妃さまが不機嫌に黙りこくってみねえ。貴族の奥さま方なんざ恐がって恐がって、とてもお傍には寄れねえだろ」

シェラは思わず噴き出してしまった。

ここでも他に人気がないのを確認して、内緒話の口調で、そっと囁いた。

「それどころか本宮のご家来衆でも近寄れないわ」

例外は国王くらいだと言うと、馬屋番も笑ったが、すぐに深いため息をついた。

「しかしなあ、その王妃さまでも黒主に縄は付けられねえと言うしなあ……」

「妃殿下がそういう方だから、お馬さまも安心して妃殿下のお友達になってくれたのよ、きっと」

「ああ、まったくなあ。ああいうのを馬が合うって言うんだろうな」

厩に寄った後、シェラは芙蓉宮に顔を出した。

国王が脱走したことをポーラにも言っておこうと思ったのだ。

新任の管理番の、本来ならば当たり前の気遣いが笑い話になってしまうほど、この国の王妃と愛妾の関係は『普通』ではない。

王妃は頻繁《ひんぱん》に芙蓉宮に顔を出し、国王本人よりも愛妾と仲良くしているくらいだ。愛妾も王妃を深く頼みにしており、当然、王妃の侍女であるシェラも芙蓉宮の人と親しくしている。

芙蓉宮は華やかな一の郭の中にあって、例外的に牧歌的な雰囲気を醸し出している離宮だった。

以前の住人だったエンドーヴァー夫人が丹精した、田舎の趣《おもむき》を活かした庭のせいもあるかもしれない。

その庭は、ポーラが受け継いで大事に手入れしており、今は秋の花たちが美しく咲き誇っている。

「ごめんください」

勝手知ったる者の気安さでシェラが入っていくと、エプロンを掛けたポーラが笑顔で出迎えてくれた。

「シェラさん。ちょうどよかった。今お菓子が焼きあがるところなんです。味見をお願いできますか」

なるほど美味しそうな甘い匂いが漂っている。

王妃は菓子類全般を苦手としているが、シェラは甘くても美味しいものは素直に美味しいと思うので、喜んで引き受けた。

普通、宮廷婦人は台所に立ったりしないが、小身貴族の出身のポーラは料理がとても上手である。

国王の愛妾ともなれば、普通は大勢の取り巻きに囲まれているものだが、おもしろいことに宮廷婦人たちは滅多に芙蓉宮を訪れようとはしない。

国王の愛妾に取り入る狙いの人々が朝から熱心に機嫌伺いにやって来てもおかしくないところだが、コーラル城に限って言えば、ポーラのほうから招待しない限り、芙蓉宮を訪れる貴婦人はまずいない。

なぜなら、ここには王妃が入り浸っているからだ。

王妃とばったり顔を合わせた時のことを思うと、恐ろしくて近寄れないのだろう。それを気にせずにやって来るアランナ、ラティーナ、シャーミアン、そしてシェラの訪問はポーラにとって非常に嬉しく、ありがたいことだった。

ポーラが温度を調節した天火から取り出したのは香ばしい焼き菓子と、つるんとしたプディングだ。

とても美味しそうだが、中央では見たことのない菓子なので、お茶の支度をしながらシェラは尋ねた。

「ポーラさまのお家に伝わるお菓子ですか？」

「いいえ、アランナさまにつくり方を教わりました。南でよく食べられているお菓子なんですって」

焼き菓子はアーモンドを利かせた生地が香ばしく、中には刻んだチョコレートが入っている。

苦みの利いた濃厚なチョコレートと甘いアーモンド生地の組み合わせが絶妙の逸品だ。

プディングのほうは口に含むと濃厚なオレンジの香りがいっぱいに広がる、さわやかな味わいである。

シェラは思わず笑顔になった。

「これはいいですね。とても美味しい」

ポーラも味見して同じように笑顔になった。

「よかった！　初めてつくったんですけど、うまくいったみたいですね」

「ええ、大成功ですよ」

しかし、ポーラは自分一人で食べるために菓子を焼く人ではないので、それが不思議だった。

「今日はお茶会のご予定でもあるのですか？」

「いいえ、陛下が喜ばれるんです。この頃お疲れのご様子なので……」

言いかけてちょっと口籠もったのは、その疲れの原因を知らないからだろう。愛妾という、ある意味国王にもっとも近い立場にいるポーラだが、彼女はなるべく施政には口を挟まないように努めている。

それは国王がポーラと過ごす時は王冠を忘れて、ただの市井の男でありたいと思っているからだ。

だからこそ、ポーラは国王のためにもできるだけ安らげる空間を用意するようにと努めている。

実際、ポーラは驚くほど働き者だった。

料理の他に機織《はたお》りや裁縫《さいほう》も得意で、愛妾になった今でも床の敷物くらい簡単に織ってしまう。それも見事な出来映えである。国王の膝掛けや靴下も編み、服も自分の普段着は自分で縫っている。

晴れ着は仕立屋に任せているが、高価な注文服を普段着にするのはもったいないと思うらしい。

そこまでやっているにも拘《かか》わらず、ポーラは最初、仕事が少ないと感じていた。

掃除と洗濯を人に任せるようになったからだ。

これは王宮に入る時に、女官長からもティレドン騎士団長からも注意されていた。洗濯は手が荒れるから小間使いに任せるようにと言われて「はい」と頷いたものの、身の回りのことは何でも自分でする習慣が染みついていたポーラは、芙蓉宮に来た当初、自分で家具にはたきを掛け、雑巾で窓枠を拭いたり、硝子《ガラス》を磨いたりしていた。

ポーラの感覚では、

「これなら手が荒れることもないし、このくらいの軽いお掃除は自分でやって当たり前」

だったのである。

気づいたカリンが王妃に救いを求めて泣きつき、ロザモンドとシャーミアンとラティーナも、何とかポーラさまの気持ちを傷つけないようにやめさせてもらえないだろうかと王妃に嘆願したのである。

「正直なところ、おれにはそこまで大変なこととは思えないんだけど……」

と前置きした上で、王妃は苦笑しながらポーラに言ったものだ。

「何でも『国王の愛妾』が自分ではたきを掛けたり、雑巾を使ったりしているところを人に見られたら、あの馬鹿の外聞に関わるんだってさ」

ポーラは赤くなってうつむいてしまった。

迷惑を掛けるつもりなどなかった。それどころかきちんとしなくてはと思って懸命にやっていたのに、自分の行動は空回りしていたらしい。

ひたすら恥じ入るポーラに王妃は優しく言った。

「大きな家の奥さんは、家の中の仕事を全部自分でやったりはしないもんだろう。今のポーラは国王の奥さんなんだから、人に任せることも大事だぞ」

「ですけど、それでは何だか怠けているようで……こんなによくしていただいているのだから、もっと働かなくてはいけないと思うのですけど」

「じゃあ、他のことで働こうよ」

「他のこと？」

「そう、特に外交方面。これからはウォルと一緒に公式の場に出ることも多くなるだろうから、まずは国内の貴族たちの名前と領地と経歴を覚える。次は外国の貴族たちだな」

それを働いていると言えるのか、ポーラは疑問の表情だったが、王妃は諄々《じゅんじゅん》と言い含めた。

「単に名前と経歴を覚えればいいってもんじゃない。大事なのは人間関係を把握することだ」

この領地の貴族とあの領地の貴族は仲がよくない、あちらの領主とこちらの領主とは縁戚関係にあって、その縁戚関係はどこでどう結びついていて現在ではどの程度親しいのか、そうしたことをしっかり頭に入れた上で話をしなくてはならない。その逆にこの両者は金銭面のいざこざがあって険悪な仲だから、なるべく同じ席に着けてはいけない、この領地では何が獲れるのか、どのくらい豊かなのか等々――。

かつて国王も覚えたことだ。

こうしたことは侍従たちが把握しているものだが、臣下本人を前にして国王が見当違いの発言をしたら、それだけで国王に対する臣下の信頼にはひびが入る。

変な言い方だが、国王とは一種の『人気商売』だ。

臣下の人気取りをする必要はないが、人望のない国王には臣下もついてこない。当然、そんな国王に国をまとめることなどできるはずもない。

「軽いお掃除なら小間使いでもできるけど、これは『ウォルの奥さん』にしかできない仕事だからな」

ポーラは困惑しきった顔で訴えた。

「王妃さま。お願いですからそれはよしてください。わたしはただ陛下の身の回りのお世話に働いているだけの女です。陛下の奥さまは王妃さまです」

「だって、長いよ」

「は？」

「『陛下の身の回りの世話に働いているだけの女』より『ウォルの奥さん』のほうが短くて言いやすい。国王の妻でもいいかな。――で、国王の妻としては貴族の現状や人間関係の把握は大事な仕事なんだ。そのための手段として宮廷婦人のお茶会だの何だの、おれは遠慮したいけど、ああいう集まりは有効だぞ。窓の外で盗み聞きしてるだけでも結構参考になったくらいだからな。貴婦人は井戸には近寄らないから、ああいうのは井戸端会議とは言わないんだろうけど、奥さんたちの話から旦那の様子がわかることもある。旦那の貴族が国王の言うことを聞いてくれなくても、奥さんに働きかけて奥さんのほうから旦那の貴族を動かせることもある。――で、そういう仕事は今も言ったけど、国王の妻がやるべきじゃないかと思うわけだ。王妃のおれとしては」

途中でポーラは「でも！」とか「それは！」とか、

何とか言葉を挟もうとしたが、どう見てもポーラの負けである。いや、もともとどう頑張ったところで勝てるわけがないので、潔《いさぎよ》く諦めて頷いた。

「……わかりました」

以来、ポーラは洗濯と掃除に充てていた時間は、女官長や侍従長を先生にして国内事情の勉強に励み、王妃の忠告に従って貴婦人たちの招待にも積極的に応じるようにしている。

幸い、というのも変だが、ポーラの元には茶会や園遊会、詩の朗読会などのお誘いが頻繁にあるから出かけて行く先には困らない。

王妃の弁によれば、

「国王の愛妾と仲良くなっておけば何か得なことがあると思ってるんだろう」

という人々だが、これにもポーラは戸惑っていた。

「わたしと仲良くなっても、わたしの口から陛下に何か申し上げることなどできませんのに……」

「前にラティーナも同じことを言ってたよ。それが賢い愛妾ってもんだ」

「ラティーナさまはともかく、わたしは自分が賢いと思ったことは一度もありません。——賢い愛妾になれるならなりたいとは思いますけど……」

「だったら向こうの誘いに乗ってみるのが一番いい。言い方は悪いけど、つきあうに値する人間かそうでないかの見極めは必要なんだ。それはポーラが観察して決めるしかない。値しないとわかったら当たり障りのないつきあいに留《とど》めておく。それだけだ」

ポーラは真剣に王妃の言葉に聞き入っていたが、これを聞いて少し気が楽になったのも確かだった。

今までは宮廷婦人に受け入れてもらわなくてはと、あちらのやり方に合わせなくてはと必死だったが、そうではなくて自分のほうが彼らを観察する。

この考え方に心が軽くなった。

今までだったら足が竦んでしまっていた大貴族のお屋敷も、有力夫人たちのお茶会も、これはみんな観察対象なのだと思えば心に余裕も生まれた。

そして観察の後は『おさらい』である。
自分の眼だけを信じるわけにはいかなかったから
だが、この時も王妃が心強い先生になってくれた。
万事がこんな具合だったから、ポーラは、自分は
王妃さまのお世話になりっぱなしだと思っている。
反省しながらも恐縮し、それ以上に感謝しており、
自分は王妃さまのおかげで芙蓉宮で快適に過ごして
いられると固く信じている。
王妃に深い恩義を感じるのも無理はないのだ。
「いけない。肝心のお話を忘れていました」
シェラは思い出したように手を打った。
「本宮で聞きました。陛下が執務室を抜け出されて
妃殿下と遠乗りに行かれたそうです。――行き先は
皆さんには内緒ですが、ノックス峠だとか」
ポーラは眼を見張った。
「この雨上がりにあんな遠くの峠まで？」
「はい。ですから、そのおつもりで」
人も馬もきっと泥だらけで帰ってくるはずという
シェラの言葉に、ポーラは笑って頷いた。
「わかりました。お風呂の用意をしてお待ちします。
――王妃さまにも入っていただきましょうか？」
シェラは少し考えた。
掃除したばかりの西離宮を泥で汚されるのは正直
言ってあまりありがたくない。
それに離宮に戻った後は、パンを焼いたり副菜を
つくったりする仕事が待っている。
その上、風呂まで沸かすのは一仕事だ。
ここは甘えてしまうことにした。
「お願いできますか？」
「もちろんです。お任せください。実は王妃さまの
お召しものを縫ってみたんです。ちょうどいい機会
ですから、着ていただきますね」
芙蓉宮を出たシェラは三の郭へ向かった。
正門から大手門まで続く大通りの両脇には彫刻が
立ち並び、その奥は木立になっている。

城に登る人、下る人が顔を合わせた時、ちょっと足を止めて立ち話をするには具合のいい場所だ。

正門を抜けて、大通りを下るシェラに気づいて、顔見知りの召使いや小者が何人も声を掛けてくる。長い銀髪を翻《ひるがえ》して、笑顔で挨拶を返すシェラに、思わず見惚《みと》れる若い兵士も多い。

郭門《くるわもん》を抜けたところに三軍の近衛兵がいたので尋ねてみると、ローナの家はすぐにわかった。

三の郭まで下りると戸建ての屋敷はほとんどなく、細長い長屋形式が一般的である。たいていは木造の平屋だが、ローナの家は小隊長の住居だけあって、なかなか立派な二階建て煉瓦造りの建物だった。

応対してくれたのはローナの家の小間使いだ。

シェラが名前と身分を述べ、ローナのお見舞いに来たと告げると、小間使いは慌てて奥へ引っ込み、今度はローナの母親が急ぎ足で出てきた。

「まあ、まあ、妃殿下お付きの方がわざわざ……」

「突然お邪魔して、申し訳ありません。お嬢さんのお加減はいかがでしょう?」

「ええ、もうすっかりよくなりましたので、本人も明日には登城する予定でおります」

「まあ、よかった。みんな心配しておりますので、お顔だけ窺ってもよろしいでしょうか?」

「ええ、どうぞどうぞ。お入りください。あの子もきっと喜びます」

ローナの部屋は二階にあった。シェラが訪ねた時ローナは寝台に身体を起こして針仕事をしており、シェラの見舞いをとても喜んだ。

「本当は今日からもうお城に上がるつもりだったの。だけど、風邪を移したら申し訳ないと思って……」

「そのほうがいいわ。みんなにはローナは明日には来ると言っておくから」

最初はすぐにお暇《いとま》するつもりだったシェラだが、顔色もいいし、風邪が移る心配もなさそうなので、ローナに勧められるまま椅子に腰を下ろした。

ローナが作業していたのは最高級の純白の繻子《しゅす》で、

白い絹糸で刺繍していた。一見して花嫁衣裳だ。

「それは、ローナの？」

「ええ、そうなの。来年春に結婚が決まったから」

嬉しそうに答える。半年後だからまだまだ先だが、裁縫自慢のローナとしては今から納得のいく衣裳に仕上げたいのだろう。

「すてきね。きっとすばらしい衣裳になるわ」

「ありがとう。シェラも一針刺してくれない？」

親しい人たちにお祝いの意味を込めて婚礼衣裳に針を刺してもらうのはよくあることだ。

ローナの刺繍は季節に合わせてか、薔薇や小花が衣裳の裾《すそ》に咲き誇るような縫い取りにしてある。

わくを受け取ったシェラは、その刺繍に合わせて小さな菫を縫い取ってやった。

鮮やかでこなれた手際にローナが感心して言う。

「シェラのお針の腕はすばらしいんだから、あんな粗末なものではなくて、もっと素敵なお召しものを妃殿下に縫って差し上げればいいのに」

「無駄よ。仕立てても着ていただけないわ」

苦笑しながらシェラは答えた。

その苦笑の意味は二つ。無茶を言うものだという気持ちと、ずいぶん風向きが変わったという失笑だ。

ローナは二年前から王宮に勤めているが、最初は王妃に対してかなり否定的だった。

曲がりなりにも一国の王妃が化粧もせず、ろくに櫛《くし》も当てず、山賊まがいの身なりで本宮を闊歩し、国王に対して「おまえ」だの「馬鹿」だの、牢屋に入れられてもおかしくない物言いをしている。

現世のハーミアとか妃将軍とか賞賛されていても女性としては最悪だと幻滅し、落胆もしたらしい。

その評価が一変したのはいうまでもなく、先日の国交回復記念式典で王妃が披露した艶姿《あですがた》のせいだ。

初めて見た王妃の強烈なまでの美貌と毅然《きぜん》とした物腰にローナは完全に圧倒され、魂まで魅了されてしまったらしい。

ローナに限ったことではない。あれからしばらく侍女たちは王妃の変身の話題に夢中だった。

「きっと、陛下がポーラさまという愛妾をお持ちになったからよ。だから妃殿下もこれではいけないと焦る気持ちをお持ちになったんだわ」

と、シェラが噴き出しそうになった意見も出たが、これは他の侍女たちが一笑に付した。

王妃がポーラに張り合う必要などどこにもない。

そんなことはあの式典での王妃を一目でも見ればわかることだ。

ローナは特に王妃への傾倒ぶりが激しかったので、式典が終わった途端、王妃がまた元の粗末な身なりに戻ってしまったのが納得できないらしい。

「あんなにお美しいのに、どうして日頃はわざわざ見苦しくしていらっしゃるのかしら」

「あの方はデルフィニアの戦女神だからよ。ドレス姿で戦はできないもの」

「でも、シェラはランバーに一緒に行ったのよね。その時の妃殿下は婚礼衣裳で戦ったのでしょう？」

「ええ、動きにくいっておっしゃってたけど」

とてもそうは見えない見事な戦いぶりだった——とは言わない。シェラは戦場には出なかったことになっているからだ。

父親が小隊長でも戦場の現実をまったく知らないローナにはおしゃれのほうが遥かに大事なようで、真顔で言ったものだ。

「いっそ戦場でもドレスをお召しになればいいのに。あんなにお似合いなんだから」

「本当にねえ。わたしもたまには妃殿下のドレスを縫ってみたいわ。いつも革の胴着の繕いばかりでは腕の振るいがいがなくて……」

逆らわずに調子を合わせると、ローナはますますとんでもないことを言い出した。

「あとは妃殿下に王子さまさえお生まれになれば、デルフィニアの未来は輝かしいものになるわ」

恐ろしいことに、その輝かしい未来を想像してか、うっとりとため息すらついている。

シェラはそっと苦笑を噛み殺した。

若い娘が（実は若くない男もだ）皆、口を揃えて言うことだが、それは土台無理な相談である。

国王の求婚に応えた時、王妃は、

「おれを寝床にひきずりこもうなんてしやがったら、骨の二、三本はへし折ってやるからな」

と大真面目に宣言し、この宣言に対して、国王はものすごく不満そうにこう言い返した。

「あいにくだが俺はまだ死にたくない。他にもっと気だてのいい女がいくらでもいるというのに、何が悲しくておまえのような物騒なものにわざわざ手を出さねばならんのだ」

これは嘘偽りのない国王の本心であると、シェラは知っている。

まして国王は、今ではポーラという事実上の妻を得て幸せなのだから、シェラはさらりと言った。

「もし、陛下のお子さまがお生まれになるとしたら、ポーラさまのほうが先じゃないかしら」

すると、ローナが息を呑んだ。

顔色を変えて言ってきた。

「いいえ、だめ……そんなのだめよ」

「どうして？」

「だって……だってそれじゃあ、妃殿下があんまりおかわいそうじゃないの」

当の王妃が聞いたら盛大な罵声《ばせい》を吐いただろうし、独騎長やサヴォア公爵は噴き出すのを堪《こら》えるために慌てて顔を背けただろうが、シェラはさすがだった。

眉一つ動かさずに、優しく問いかけた。

「どうしておかわいそうだと思うの？」

ローナは急いで、しどろもどろに言い訳した。

「違うの。別にポーラさまが嫌いなわけじゃないの。いい方だと思うわ。でも、ポーラさまは愛妾だもの。妃殿下が愛妾に負けるなんてお気の毒よ」

何が気の毒なのかは容易に想像できる。

本妻に子どもができる前に妾《めかけ》に子が生まれたら、本妻の立場がないと言いたいのだろう。

確かにそれが世間の一般常識ではあるが、揃いも揃って常識の通用しないあの本宮で、あの人たちを前にして、その点だけ常識を求めても滑稽《こっけい》なだけだ。いやというほどわかっていたが、シェラは反論はしなかった。むしろこれこそが一般女性を代表する意見だろうと心に刻んで、ローナの部屋を辞した。

一階で待っていた母親に、ローナの結婚祝いだと言って金貨を渡すと、ひどく恐縮されたが、それを笑顔でなだめて、シェラはローナの家を後にした。

郭門まで戻ってきた時、シェラはふと足を止めた。

何となく妙な気配を感じたのだ。

殺気とは違うが、切羽詰まった感じがする。

何だろうと思って辺りに眼を配ると、すぐ左手の木立の中で若い男女が立ち話をしていた。

男女とも貴族階級の人間だが、服装から察するに階級には差があるようだった。女の身代は中流程度、男のほうはもっと裕福そうである。

大通りから少し離れているので、二人の話し声は聞き取れない。

こうして見る限り、男は少し癖《くせ》はあるが、端整な顔立ちだし、女性はほっそりと華奢な人である。

二人の年齢も身なりも恋人同士の逢瀬のようだが、それにしては男は妙になれなれしく女性に話しかけ、女性は大木を背に身体を硬くしてうなだれている。

昼日中の大通りの傍だし、眼の前は郭門だ。

それほど面倒なことにはなるまいと思いながらも妙に気になった。

理屈ではない。シェラの心の中の何かが、これを放っておくのはよくないと、しきりと囁いている。

靴の具合を直すふりをして足下の小石を拾い上げ、二人の声の聞き取れるところまで、そっと近づいた。

女性はシェラと同じ年頃の若い娘だった。色白で清楚《せいそ》な雰囲気の美しい娘だが、その顔が今は青ざめ、強張っている。震える声で言うのが聞こえた。

「今日のところは……どうかお引き取りください」

これに対し、二十二、三に見える男の声は自信に満ちあふれている。

「エマどの。あなたにはがっかりだ。遠路はるばる訪ねてきた婚約者を追い返そうというのか」

「ですけど……両親も留守ですし……」

「だからそこが気が利かないというのだ。ご両親が留守なら、両親が戻るまで屋敷で休んでくださいと、あなたのほうから申し出るのが筋ではないか。俺が行って留守を守ればご両親も喜ぶだろう」

「あの、家は狭いので……お招きは……」

「なんの。俺はちっとも気にしないぞ。いつまでも立ち話は無粋だ。早く案内してもらいたい」

「ですから、郭門を通るためには紹介状か紹介者が必要なのです。先程から何度もそのように……」

「困った人だ。エマどのが俺の紹介者ではないか」

「……先も申しましたが、わたしでは無理なのです。わたしは両親の庇護下にある身ですから」

「自分の婚約者を紹介することのどこが無理だと？　大丈夫だ。あなたのお父上はお怒りはせんよ」

「バクストンさま……」

娘はありったけの勇気を振り絞って顔を上げた。

「お願いでございます。両親の留守に勝手なことはできません。どうかこのままお引き取りください。三の郭には騎士団の宿舎もございますから、今日はそちらに……」

男はわざとらしいため息をつき、娘に覆《おお》い被さるようにして背後の大木に手をついた。

これを両手でやったら両腕の間に娘の身体を閉じこめることになる。今は片手だけだが、娘はそれを恐れてか、ますます身体を硬くした。

「エマどの。あまりわからんことを言わんでくれ。俺も長旅で疲れているのだ。その俺を屋敷に案内もせずに、宿舎に追い払おうとはあまりに情けないぞ。淑女《しゅくじょ》たるものがそんな不作法はもっての外《ほか》だと、ご両親に教わらなかったのか？　お父上が聞いたらお叱りを受けるのは必至だぞ。いやいや、その前に俺の親代わりの伯父が聞いたらきっと気を悪くする。無論、俺は伯父にもお父上にも告げ口なぞしないが、そのためにはまずあなたに反省してもらわねばな」

「……今日は、両親が留守なのです」

「だから俺が留守を引き受けると言っているのだ。人の親切はもっと素直に受け取るべきだぞ。そんな調子では俺の妻となった後にあなたが苦労するのは眼に見えているが、まあ、世間ずれしていないのはあなたの可愛い長所だしな。常識に欠けるところは大きな欠点だが、心配無用だ。それは俺が教育して徐々に矯正して差し上げよう」

ぺらぺらしゃべり続ける男の前で、娘はひたすらうなだれ、じっと身を縮めている。

「さあ、行くぞ。こうしていても埒《らち》が明かん」

男が娘の肩に手を掛けた途端、娘はたまりかねて血の気の失せた顔を上げた。

その拍子に、木陰から様子を窺っていたシェラと、まともに眼が合った。

美しい青い瞳だった。血の気の失せた顔はまるで白い陶器《とうき》のようだ。涙の滲《にじ》む眼がすがりつくようにシェラを見つめている。

(助けてください)

そんな悲痛な叫びが聞こえるような視線だった。

この王宮に来る前だったら捨て置いただろうが、今のシェラはだいぶ主人に感化されている。

意を決して、さりげなく声を掛けた。

「どうかなさいましたか？」

振り返った男はシェラの美貌《びぼう》に驚いたようだが、女官服を着ているのを見て馬鹿にしたように笑った。

「どこの召使いか知らんが、少しは気を利かせろ。恋人同士の逢瀬を邪魔するとは無粋な奴だ」

なるほど人の恋路に首を突っ込むのは野暮《やぼ》のすることだが、この二人は『恋人同士』などではない。

「この方はあなたとご婚約の方ですか？」

シェラが娘に問いかけると、娘はか細い声ながら、はっきりと答えた。

「……いいえ」

男が盛大に呆れた顔で言い返す。

「エマどの。強情も大概にしたらどうだ。もうじき婚約者になるのだから同じことではないか」

その文句を遮《さえぎ》って、シェラは言った。

「失礼ですが、ご婚約の方でないのなら、わたしがこちらの方をお連れしたいと思います」

「何だ、おまえは？」

「妃殿下の侍女を務めますシェラと申します」

男は、ふんと鼻で笑った。

「やはり召使いか。使用人の分際で出しゃばるな」

王妃の名を出しても怯《ひる》まないとは、コーラル城に来て間もない田舎者だという証明に他ならない。

「あなたさまをお呼びするのに、お名前を伺ってもよろしいでしょうか」

「よく心得ておけよ。俺はホランドのバクストン・サーキス子爵だ」

ホランドは確かマレバ近くの土地だ。領主の名はサーキス侯爵。

シェラは如才なく頭を下げた。

「ホランド領主の甥御さまでいらっしゃいましたか。それは存じませんで、たいへん失礼をいたしました。ですが、こちらの方のお顔は真っ青ですし、今にも倒れてしまいそうに見えますので、お身体の具合がお悪いのではないかと思うのですが……」

「お、そうか。ならば俺が屋敷までお送りしよう」

エマが息を呑んだ。ほとんど悲鳴を呑み込んだと言ってもいい。シェラはエマとバクストンとの間に割って入るように立ち、やんわりと話しかけた。

「先程、騎士団の宿舎というのが聞こえたのですが、バクストンさまはどちらかの騎士団に？」

「そうだ。俺は早晩、栄えあるティレドン騎士団の一員として迎えられることになっているのだぞ」

「ああ、なるほど。それでわかりました。先程から大鷲《おおわし》の紋章が見あたらないと思っていたのですが、まだ入団されていなかったのですね」

にっこりと無邪気を装った笑顔でシェラが言うと、さすがに気まずそうな顔になったものの、この男はそんなことではへこたれない。すぐに胸を張った。

「そうだな。俺があの大鷲の紋章を身につける時が、エマどのと婚儀を挙げる時だ」

この妄想はきれいに無視してシェラは続けた。

「では、どうぞ三の郭の宿舎にいらしてください。王宮の外部から来た方はそうする決まりのはずです。ティレドン騎士団長さまご本人がそうおっしゃっていましたから。未入団の方でも入団がお決まりなら宿舎に泊めていただけるはずですよ」

騎士団長の名前を出せば引き下がるかと思ったら、この男はどこまでも（よく言えば）前向きだった。

「何を言う。病気の婚約者を放置したと思われては俺の男が立たん。一緒にエマどのの屋敷に行く」

悪く言えば厚かましくて図々しい。

「その高潔なお気持ちはご立派ですが、具合の悪いご婦人のお世話を殿方に任せるわけには参りません。ここはお引き取りください。――さ、参りましょう、エマさま。郭門で馬車を借りて差し上げますから」

エマは茫然とシェラを見つめていた。さっきとは別の意味で、安堵《あんど》のあまり泣きそうな顔で頷《うなず》いたが、バクストンが食い下がった。

「勝手に決めるな！　俺の婚約者だぞ！」

シェラは声を低めて言った。

「バクストンさま。人が見ています」

男は言われて初めてはっとしたらしい。

大通りは人の往来も多い。大声に驚いた通行人が何事かと三人を窺い見ている。

「ご婚約は調っていないのでしょう？　でしたら、あなたさまはこちらの方の保護者にはなれません。ご両親の了解を得てからいらしてください」

「フィッシャー卿は我々の婚約を承知している！」

「それは何よりですが、貴族が郭門を通るためには身元を証明する紹介状か紹介者が必要です」

「ふむ。シェラとか言ったな。では、おまえが俺の身元を保証しろ。使用人風情には過ぎた名誉だぞ」

ここまでくると何だか哀れになってくる。

話しても無駄だと悟ったシェラは、バクストンに会釈を返して、エマをいたわるように歩き出したが、バクストンはまだ諦めなかった。

「待て！　俺を置いていく気か！」

シェラはちらっとバクストンを振り返り、掌《てのひら》の中の小石を擲《なげう》った。手首から先だけを使って投げる『隠し打ち』である。

「うおっ！」

小石は強《したた》かにバクストンの膝を打ったが、それが何であるかも彼はわからなかっただろう。もちろんシェラの手から放たれたものとは気づくはずがない。

悲鳴を上げて前のめりに転倒したバクストンに、エマが驚いて振り返った。いやな男でも怪我をした相手を放置することに抵抗があるのかもしれないが、シェラがそんなエマを制した。

「ご心配なく。ただの立ちくらみのようですから。今のうちに門を越えてしまいましょう」

急いで郭門まで行き、シェラは顔なじみの門番に馬車を貸してほしいと頼んだ。

コーラル城の三つの門には互いの連絡用に馬車と馬が待機している。門番は快諾して馬車と馭者《ぎょしゃ》まで貸してくれた。

「お屋敷はどちらですか？」

「左翼五段目の中程の、フィッシャー邸です」

五段目というのは、コーラル城は斜面に建つ城で、二の郭は中でも傾斜が激しいので、段々畑のように整地した上に屋敷が建っている。正門に近い上から一段目、二段目と数え、五段目は一番郭門に近い。

これはそのまま貴族の家格と力関係を示している。

馭者がその家ならわかると言うので手綱を任せて、シェラはエマと一緒に馬車に乗り込んだ。

外部から遮断されてシェラと二人きりになると、エマはまた安堵に涙ぐみ、急いでその涙を拭って、深々と頭を下げてきた。

「……エマ・フィッシャーと申します。本当に……本当にありがとうございました」

　同じ貴族でも、シェラを召使い風情と馬鹿にする人もいれば、こうして敬語で話す人もいる。

「妃殿下のお付きの方に助けていただくなんて……。あの、このことで、バクストンさまがそちらに何か、ご迷惑を掛けるようなことは……」

「エマさま。さしでがましいようですが、わたしでよろしければ、お話をお伺いします」

「とんでもない。これ以上のご迷惑は……」

「わたしのことではありません。あなたのことです。あのバクストンという方は到底このまま引き下がる方ではありません。ですから質問に答えてください。あの方とご婚約のご予定などないのでしょう？」

　エマは暗い顔になって、はっきりと頷いた。

「そう思っていらっしゃるのはあの方だけです」

「本当は他にご婚約の方がいらっしゃる？」

　エマは苦しげに喘《あえ》いだ。

　中流貴族の娘でも、身内の事情を初対面の相手に安易にしゃべったりはしないのが貴族のたしなみだ。

　しかし、今の彼女は精神的に追いつめられていた。限界寸前だったのだ。シェラの説得も功を奏して、短い馬車の道程の間に事情を語ってくれた。

　エマは来月、オコーネル男爵の息子マティアスと婚約する予定になっている。

　二人は幼なじみで、両家両親もこの結婚を祝福し、賛成してくれているという。

「バクストンさまはそのことをご存じない？」

　エマはまた泣きそうな顔で頷いた。

　女心に疎い王妃なら「どうして黙ってるんだ？」と直截に訊いたかもしれないが、シェラはもう一つ先を読んで言った。

「わかりますよ。あの剣幕では、バクストンさまがマティアスさまの存在を知ったら何をしでかすか。決闘を申し込むとおっしゃいかねませんものね」

　エマは救世主を見るかのようにシェラを見つめて、

大きく頷いた。

「バクストンさまは本当にそうおっしゃったのです。わたしに……つきまとう男には決闘を申し込むと。あの方は剣術をなさいます。マティアスは学士で、一度も剣など握ったことはありません」

美しい顔が激しい不安に曇り、肩が震えている。

「マティアスは立派な人です。穏やかで、誠実で、頭もよくて、暴力を嫌っていますが、本当の勇気を持っている人でもあります。決闘を申し込まれたら、勝ち目がないとわかっていてもマティアスは受けて立つでしょう。ですけど、ですけどそれでは……」

「わかります」

もう一度言ったシェラだった。

剣術の技倆を問うならマティアスはバクストンの敵にはならない。

恋人の存在をバクストンに告げてしまいたい。

しかし、告げれば恋人がどんな目に遭わされるかわからない。その恐怖がエマの顔を蒼白にしている。

「あの方はエマさまのお父上がお二人の婚約を承知しているとおっしゃいましたが……」

エマは激しく首を振った。

「父はバクストンさまがわたしを望んでいることも知りません。あの言葉は全部あの方の……」

「一方的な妄想ですか？」

「どんなに話しても、わかっていただこうとしても、どうしてもあの方には通じなくて……」

「では、ご両親にご相談はなさいましたか？」

絶望的な表情でエマは再び首を振った。

「……言えません。父はサーキス侯爵さまに大変な恩がある身です」

「それは……」

八方ふさがりだ。

エマはバクストンとは今年の夏に、一家で訪れた避暑地で初めて出会った。と言っても何度か挨拶を交わした程度で、それ以上のことは誓って何もない。

気を持たせるようなことをした覚えもないのに、

なぜかバクストンの頭の中では自分とエマの結婚は決定事項になっているらしい。

ある日、突然、

「我々の結婚はエマどのからフィッシャー卿に打ち明けておいてくれ」

とバクストンに言われてエマは仰天した。

どれだけ記憶を探っても彼に結婚を申し込まれた覚えがない。もちろん結婚を承諾した覚えもない。

これ自体が求婚なのかもしれないと思ったエマはなるべく穏便に、この変則的な求婚を断った。

「当家とサーキス子爵家では家格に差がありますし、わたしには身分不相応のもったいないお話ですから、父もこのお話はお受けしないと思います」

そもそも男が娘の父親に正式な申し込みもせずに、貴族の婚約が成立するはずがない。

しかし、バクストンは引き下がらない。

その執着に恐ろしくなったが、フィッシャー家がコーラルに戻る日も迫っていたので、自分が去ればあの方の熱も収まるだろうとエマは思っていた。

実際、避暑地から戻って一ヶ月になるが、その間、何の音沙汰もなかった。既にバクストンのことなど忘れかけていたが、何とバクストンはコーラルまでエマを追いかけて来たのである。

「……郭門から使いが来て、バクストン・サーキス子爵が通行許可を求めているが、フィッシャー卿が身元保証人ということでよろしいかと言われた時は……心臓が止まるかと思いました」

「ですが、ご婚約も間近なのでしょう。いつまでもお父上やマティアスさまに隠してはおけませんよ」

エマは泣きそうな顔で頷いた。

どうしたらいいかわからない様子だった。

打ちひしがれて苦悩するエマには申し訳ないが、シェラはその様子を珍しげに見つめていた。

この女性はまさしく可憐な花のような、強い風に吹かれたらそのまま折れてしまいそうな人だ。

もっとたくましく美しく咲いた花なら、他の花と妍《けん》を競って咲き誇るものだし、強引に言いよる男ももっとうまくあしらって捌いてみせるのだろうが、この女性はそんな強さを持っていない。

実に新鮮だった。

この頃は横殴りの嵐に晒《さら》されてもびくともしない頑丈で強烈な花ばかり見ていたから、なおさら眼を見張る思いがする。

何も王妃に限った話ではない。

シャーミアンもロザモンドも勇ましい女騎士だし、ポーラやアランナも基本的にとても元気な人たちだ。

ラティーナも静かながら芯《しん》の強い賢夫人《けんぷじん》である。

比べると、エマは違う。

いい悪いは別として、おとなしくて、たおやかで、男が『守ってあげたい』と奮い立つ型《タイプ》の美女なのだ。

考えてみれば女性とは普通こういうものなのではないだろうか。最近、自分の周りにいる人たちが、揃いも揃って普通の女性とは言えないだけで──とシェラの思考が脱線しかかった時、馬車が止まった。

フィッシャー邸に着いたのだ。

この辺りの家はたいていそうだが、生け垣の門をくぐったらすぐに玄関という小さめの屋敷である。

シェラは馭者に礼を言って馬車を返した。

まだエマと話があったし、帰りはシェラは正門へ向かうので方向が逆になるからである。

玄関が開き、若い男が慌てた様子で出てきた。

「エマ！　急に出かけたって聞いたから心配したよ。何かあったのか？」

これがマティアス・オコーネルだろう。

なるほど、エマとしてはどうしてもバクストンを郭門で止めなくてはならなかったわけだ。

エマはまだ青い顔で無理に微笑んだ。

「約束したのに待たせてごめんなさい、マティアス。急なお客さまが郭門に訪ねてみえたものだから」

「何だ。それなら家にお招きすればよかったのに」

「いいのよ。通りすがりにお声を掛けてくださっただけだから。もうお帰りになったわ」

マティアスは背は高いが、顔もひょろりと細長く、お世辞にも美男子とは言えない。見栄えを言うならバクストンに軍配が上がるだろうが、マティアスの顔には高い知性と誠実さ、優れた精神が表れている。

何より、彼がエマに深い愛情を注《そそ》いでいることは、エマに向ける眼差しだけで充分すぎるほどわかる。

エマも同じだった。マティアスを見る彼女の顔は愛情と尊敬に美しく輝いている。同時に恋人の身を案じて、不安と恐怖に揺れている。

マティアスの視線を受けて、シェラは名乗った。

「妃殿下の侍女を務めるシェラと申します」

王妃の侍女と聞いてマティアスも驚いた。

彼もエマと同様、身分は召使いでも貴人の傍近く仕える人には敬意を払うべきと考える人間のようで、急いでシェラに一礼した。

「それは失礼しました。マティアス・オコーネルと申します。しかし、妃殿下お付きの方が、どうしてエマと？」

「マティアスさま。多少込み入った話になりますが、お聞きください」

そうしてシェラはエマには口を挟む暇も与えず、今し方の出来事をすっかり話したのだ。

玄関先の野天である。こんな場所でそんな話をとエマは顔色をなくしていたが、聞いたマティアスが驚いたのは言うまでもない。

「エマ！　どうして言ってくれなかったんだ？」

再び眼に涙を浮かべたエマは、すがりつくように恋人を見上げて言った。

「あなたを守らなくてはと思ったのよ、マティアス。黙っていてごめんなさい」

「エマ、ぼくも同じだ。きみを守りたい。子爵にはぼくから話をするよ。きみはぼくの婚約者だから、きみのことは諦めてくれとはっきり言う」

「だめ！　だめよ、マティアス……それだけはだめ。あの方はきっとあなたに決闘を申し込むわ」

「大丈夫。安易に受けたりはしないよ。ぼくたちがじきに婚約することは動かしがたい事実なんだから、きちんと説明すれば子爵も納得してくれるはずだ」

「でも……」

エマは不安そうな顔だった。バクストンの強引な態度を思うにつけ、そんな道理が通じるだろうかと案じているのだろう。無論、通じるわけがないのはわかり切っているので、シェラは冷静に言った。

「話し合いでは収まらないと思いますよ。あの方は間違いなくマティアスさまに決闘を申し込みます」

マティアスは表情を引き締め、悲壮な顔で言った。

「その時は受けて立ちます」

「マティアス！」

「エマ。決闘を申し込まれたのに逃げたら、ぼくはきみを諦めたと思われる。それだけは耐えられない。勝ち目が薄いのはわかっているよ。知ってのとおり、ぼくは剣術はさっぱりだ。それでも逃げたくはない。――そんなに悲観することもないよ。ほら、勝負はやってみなければわからないと言うじゃないか」

いいや、やるまでもなく明らかだ。

「お言葉ですが、マティアスさま。決闘を受ければバクストンさまは大喜びであなたを殺します。命を粗末になさるのはいかがなものかと思いますが」

マティアスが眼を剝《む》いて愕然《がくぜん》とした。

エマは今度こそ蒼白になって悲鳴を上げた。

「よしてください！　こ……殺すなんて！　決闘はどちらかが血を流した時点で終わるはずです！」

シェラの眼が思わず丸くなった。

一瞬耳を疑ったくらい斬新な意見だった。

シェラにとって決闘と言えば命懸けの真剣勝負が当たり前なのだが、刃傷沙汰に縁のない普通の人は『まさか命を奪ったりは……』と思うものらしい。

つまり、エマは恋人が死ぬことではなく『怪我をさせられる』ことをあれほど怯《おび》えていたわけだ。

エマだけではない。マティアスもだ。流血したら決闘は終了と考えていたことは顔を見ればわかる。

ため息を吐いて、シェラは首を振った。

「失礼ですが、お二人とも決闘を軽く考えすぎです。剣を使うものにとって、人の命を奪うのは、決して特別なことではありません。まして剣術を知らないマティアスさまを殺すのは虫を殺すより簡単です」

　エマは完全に動転して震えていた。そんなことは考えたくもないのだろう。激しく首を振った。

「そんな……決闘ですから、最悪の場合はそうなることもあるだろうというのはわかります。ですけど、まさか故意に命を狙うなんて！」

　甘い考えに呆れたが、人の害意を信じたくないというその甘さを微笑ましく思ったのも確かだった。

　そして恐らくこれが普通の人の感覚なのだろうと、シェラはまた新鮮に感じた。

「エマさま、あなたは優しい方ですが、そのお心はあの方には通じません。このままでは間違いなく、悲劇が起きます」

「ええ。ですから、それを防ぎたくて……」

「違いますよ」

「……違う？」

「悲劇に見舞われるのはマティアスさまではなく、あなたです、エマさま。あのバクストンという方は遅かれ早かれ必ず、男としてもっとも卑劣な手段であなたを自分のものにしようとするでしょう」

　エマの唇が悲鳴の形に開く。

　彼女は咄嗟に口元を両手で覆って声を抑えた。

　あれだけのことをされていながら、その可能性も信じたくない様子だったが、シェラは静かな口調で事実を指摘したのである。

「あの方は力の強い男性であなたは華奢な女性です。

——意味はおわかりですね」

　マティアスが、震えるエマの肩をしっかりと固く抱き寄せた。そうしなければ彼女は倒れていたかもしれないが、マティアス自身も蒼白になっていた。

　双方合意の上の決闘で相手を死なせてしまうのはまだ仕方がなかったと、やむを得ないことだったと判断される。酌量の余地もある。

　しかし、今シェラが示唆《しさ》したのは下劣と言うにもあまりある行為だ。マティアスはシェラを凝視して、緊張に強張った声で尋ねた。

「……それはあなたの見解ですか？」

「はい」

「サーキス子爵という人物は、そんな卑劣な行為をやりかねない人物だとあなたは判断したのですか」

「おっしゃるとおりです、マティアスさま。本当に勇敢な人物は、時には無益な勝負から逃げる勇気を持つものだと思います。あなたがあのような人物を相手になさる必要などありません。もちろん、エマさまもです。お逃げになることを考えるべきです」

　エマは激しく震えながら必死に首を振っている。

「……いいえ、いいえ。あの方は確かに……強引なところはありますが、近いうちに騎士となる方です。れっきとした騎士さまが、そんな……」

「入団は無理だと思いますよ」

　シェラは少し苦笑して言った。

「ティレドン騎士団長さまは、女性の信頼や愛情を得る努力もせずに強引に言いより、身分を笠に着て婚約を強要する、つまりはバクストンさまのような頭のよろしくない男性が非常にお嫌いです。今日の一件が団長さまのお耳に入れば、間違いなく入団は取り消されます。そもそも仮にも子爵さまの言葉を疑いたくはありませんが、入団がお決まりだというのは事実なのでしょうか？　あの方が大鷲の紋章を身につけることができるとはとても思えません」

　シェラの暗示にマティアスは敏感に気づいた。

　震えるエマを見つめて力強く頷いた。

「すぐに調べよう。本当に入団が決定しているならティレドン騎士団に問い合わせればはっきりする。もし嘘なら、そんな嘘を平然と言い放っただけでも男の名折れだ。きみに近づく資格はない」

「その通りです」

　シェラは言ったが、あの男のあの剣幕では、嘘がばれても引き下がらずに逆上する恐れもある。

これも乗りかかった船というものだろう。何事も徹底的にというのはシェラの主の方針でもあるので、出過ぎた真似は百も承知で言った。

「お二人のご婚約は来月という日取りは、ご家族のご都合によるものですか？」

「ええ、そうです。エマの兄は南方に留学していてぼくの両親も知人の見舞いに外国へ行っています。来月にはみんな戻ってくる予定ですので、その時に両家の家族みんなで集まろうと決まりました」

貴族の婚約は両家の両親と家族が揃って、互いを紹介し合い、二人の婚約を正式なものと両親が認め、男女の間で贈りものを交わすというのが一般的だ。

結婚式と違って書類に署名するわけではない。

あくまで両家両親が二人を将来の夫婦と認めたという点が大事なのである。

「それでは、ご家族には少々申し訳ありませんが、来月のご予定を早めてはどうでしょうか」

エマは呆気に取られたが、マティアスはシェラが何を言いたいかわかったようで、念を押してきた。

「ぼくたちが既に婚約したと子爵に示すのですね。しかし、両親がいないのに誰が立会人を？」

「はい。そこでご相談ですが、お二人で明日にでも一の郭にいらしてくださいませんか」

「えっ⁉」

中流貴族の二人は驚いた。

同じコーラル城でも一の郭と二の郭は別の世界だ。二の郭の五段目に屋敷を構える程度の貴族では、なかなか一の郭に足を踏み入れる機会すらない。

「バクストンさまが二度とお二人に近づけなくなるようにするのが肝心ですから、ここはご両親よりも目上の方にお二人のご婚約を認めていただければと思うのですが、いかがでしょう」

「両親より目上の？」

「はい。妃殿下に」

エマとマティアスは揃って絶句した。

エマは別の意味で今度こそ卒倒しそうだったし、

マティアスも細長い顎《あご》が顔から落ちそうな有様だ。

「妃殿下は堅苦しい儀式はお嫌いですが、ご両親の代わりに立ち会い、この婚約を正式に認めると一言おっしゃる程度でしたら、おめでたいことでもありますし、お運び願えると思います」

マティアスは食い入るような眼でシェラを見つめ、ふと表情を厳しくして慎重に言葉をつくった。

「たいへん失礼な質問をしますが、許してください。あなたのそのお願いを、妃殿下は本当に聞き届けてくださるのでしょうか」

あなたはそれほど王妃に強い影響力を持っている人なのかというマティアスの疑問はもっともだ。

シェラは微笑して首を振った。

「妃殿下はわたしごときの意見に左右される方ではありません。わたしは妃殿下の侍女です。わたしが妃殿下のご意向に添って動いているのです。郭門を通りかかったのがわたしではなく妃殿下だったら、妃殿下があの時のエマさまの難儀に遭遇していたら、間違いなく同じようにおっしゃったでしょう」

それ以前にあの段階でバクストンを叩きのめしていただろうが、それは言わないでおくことにする。

だから、王妃が通りかかっていれば、この問題は今日で片がついたことなのだ。

「お二人は妃殿下立ち会いの下、正式に婚約された。──その事実を知った上で、お二人につきまとえば、妃殿下のお取りなしに不服を唱えることになります。バクストンさまといえども、それはできますまい」

マティアスは興奮と喜びに顔面を紅潮させたが、彼はさすがに思慮深い人だった。

心配そうにシェラに問いかけてきた。

「身に余る光栄ですが、そこまであなたのご厚意に甘えてしまってもよろしいのでしょうか?」

あなたは自分たちとは縁もゆかりもない人なのに。

そう言いたいらしいが、シェラはまた微笑して、美しい銀の頭を振った。

「この王宮で卑劣な犯罪が行われることは妃殿下も

陛下もお許しになりません。その犯罪を未然に防ぐためにわたしは当然と思うことをしているまでです。先も言いましたが、それが妃殿下のご意思ですから。――明日、ご都合はよろしいですか？」

マティアスはまた顔を輝かせ、使用人のシェラに最敬礼して言った。

「必ず伺います」

エマは今や地上に降臨した女神を見るような眼でシェラを見つめていたが、何とシェラの手を取って自らの額に当てるように押しいただき、喜びの涙に濡れた眼をシェラの顔にひたと当てて言った。

「ありがとうございます。心から感謝いたします」

正門の門番には話を通しておきますからと断って、シェラは長話をしていたフィッシャー邸を後にした。

五段目の通路を引き返し、二の郭を貫く大通りを目差して歩いていた時、シェラは密かに舌打ちした。

正面からバクストンが歩いて来る。

先程の隠し打ちは、あくまで足止めのためだから、加減して打ってやったのは確かだ。

それにしても、しばらく歩けないはずなのだが、力加減を誤ったか、それともまさか……。

(……腕が鈍ったか？)

シェラにとって、それが一番の衝撃《ショック》である。

よく見ると片方の足を軽く引きずっているので、まったく打撃《ダメージ》がなかったわけではない。それで少し溜飲を下げたが、こんなことなら膝頭を叩き割ってやるのだったとシェラが歯嚙みしているとも知らず、バクストンは横柄《おうへい》に声を掛けてきた。

「おい、エマどのの家はどこだ？」

「どうやって郭門を通られました？」

「伯父の知人がたまたま通りかかって、俺の身元を保証してくれたのだ。サーキス家は名門だからな。――そんなことよりエマどのの家まで案内しろ」

「お教えできません」

きっぱりとシェラは言い、バクストンを見つめて言った。

「バクストンさま。エマさまにはご両親もお認めになった婚約者がいらっしゃいます」

「ほう、どんな男だ？」

「お教えする必要はございません」

後でエマに使いを出して今日は外に出ないように伝えなくてはと思いながら、シェラはバクストンに向かって突き放すように言った。

「エマさまはその方と結婚して幸せになるでしょう。あなたさまも騎士になろうという方です。引き際は潔《いさぎよ》くなさったほうがよろしいのでは？」

「何を言うか。俺のほうがエマどのに権利がある！俺はエマどのを妻にすると決めたのだ！」

シェラは美しい口元に露骨な嘲笑を浮かべた。

みるみるバクストンの顔色が変わる。

この男は馬鹿にされることが許せないのだ。

「さっさとエマどのの家へ案内しないか！」

「お話ししても無駄のようですね。失礼します」

儀礼的に会釈し、シェラはバクストンの横を通り過ぎようとしたが、バクストンは何とシェラの肩を摑《つか》んで振り返らせたのである。

「無礼者め！」

敢えてその手に逆らわず、シェラはバクストンをまっすぐ見つめて静かに言った。

「手を放しなさい。妃殿下の侍女に手を掛けるとは、それこそ無礼でありましょう」

シェラはここまでの行動を意識的にやっていた。

ここから先に貴族の屋敷は百軒近くあり、表札は出ていない。フィッシャー邸を突き止められるとは思えないが、この男を野放しにするのは危険だった。

この男の注意を自分に向けさせるために、わざと苛立たせる口調で話していたのだが、バクストンはシェラの抗議をまたも鼻で笑い飛ばした。

「王妃か。どこの馬の骨ともわからぬ女でも王妃になれるのだからな、我が国の国威も落ちたものだ。まあ、卑《いや》しい庶出の国王には似合いかもしれんが」

シェラの表情が一瞬で氷と化した。

その氷から吹く風のように冷たい声で言った。

「バクストン・サーキス子爵。今の言葉は妃殿下と陛下に対する重大な侮辱《ぶじょく》であり造反と見なします。このことはあなたが卑しいと言った陛下にもご報告いたします。そのつもりでお沙汰を待つように」

肩を摑んだ手をふりほどいて踵《きびす》を返した。

こんな時、バクストンのような男の反応は二つ。

一つは慌てて金品を握らせて黙らせようとする。

そしてもう一つは——。

昼日中の道路にも拘わらず、周囲に人気はない。

家と家の間は広く、人の姿を充分に隠せる木立や濃い茂みがふんだんにある。そしてシェラの容姿を考えれば答えは言うまでもなかった。

そのもう一つの気配が濃厚に迫るのを感じながら、シェラは故意に避けようとしなかった。

バクストンは背後からシェラの口を片手で塞《ふさ》ぎ、片手で細い腰をがっしり抱き込んで、木立と茂みの間に引きずりこもうとしたのである。

シェラはわずかに身もだえたが、ほとんど抵抗はしなかった。それを恐怖のあまり硬直していると、バクストンは勘違いしたのだろう。

捕らえた獲物に下卑た笑い声を浴びせてきた。

「俺のものになれば俺を愛するに決まっているんだ。おまえも、エマどのもな！」

それがこの男にとっての真理らしい。根拠のないその自信はどこから来るのかと訊いてみたかったが、捕まえられたシェラは男の手の中でそっと嘲笑した。

今のシェラは背中から抱きすくめられている。

その体勢を利用して、強引に身体を引きずられていかにも自然にそうなったという素振りを装って、思いきり背後に踵《かかと》をはね上げた。

踵が狙った先には当然、男の股間がある。

「ぐえっ！」

情け容赦もなく、しかも的確に急所を直撃されたバクストンは奇怪な声を発して蹲《うずくま》った。

「きゃあっ」

シェラも白々しい悲鳴を上げ、わざと体勢を崩し、よろけたふりをして手をつこうとした。そうしたら、その手の先に偶然バクストンの頭があったわけだ。

結果的にシェラはバクストンの頭を鷲摑みにする恰好で倒れ、その頭を地面に叩きつけたのである。

その際、やわらかい土の上ではなく硬い石の上にバクストンの頭がまともに当たってしまったのも、もちろん偶然だが、倒れ込む勢いがついていたので、たまったものではない。

額がぱっくり割れて血が噴き出した。

股間の激痛もあってか、バクストンは血まみれの顔で白目を剝いてぴくぴく痙攣《けいれん》している。文字通り死にそうな有様だが、実はこれでもかなり加減してやったので、命にはまったく別状ないはずだった。

「あら、たいへん」

まるきり棒読みで言うと、シェラはバクストンをその場に放置して、大急ぎで郭門まで走った。

「サーキス子爵さまが左翼五段目の道端で、頭から血を流して倒れていらっしゃいます！」

と青い顔で門番に告げて、

「ティレドン騎士団に入団のご予定だそうですから、急いで三の郭の宿舎にお連れしてください！」

とも言っておいた。

入団話は嘘に違いないとシェラは確信していた。

せいぜい居心地の悪い思いを味わうがいい——と思いながら、今度こそ正門を目差して大通りを上る。

ところが、三段目まで上った時、シェラはまたも信じられないものを見て足を止めた。

先程とはまったく違う衝撃に全身が凍り付いた。

右翼三段目の通路から大通りに出ようとした男はヴァンツァーだった。

先日見た時の貴公子然とした姿ではない。今日は召使いのような身なりをしている。

そうすると、美しすぎるところだけが玉に瑕《きず》だが、おとなしい従僕に見える。

シェラと顔をつき合わせている時は剣呑な気配を隠そうともしないヴァンツァーだが、この男も元来シェラと同じ生き物だ。

狙いを定めた標的の家に潜り込むため、召使いに成りすますくらいのことは難なくやってのける。

出会い頭にばったり顔を合わせたヴァンツァーも驚いた顔だったが、大通りは人出《ひとで》がある。

互いに迂闊なことはできないが、見過ごすこともできない。殺気の籠もる声でシェラは尋ねた。

「ここで何をしている？」

訊いたところで答えるとは思っていなかったが、ヴァンツァーは軽く肩をすくめて言ったのである。

「あの女に会ってきた」

シェラの顔から血の気が引いた。

ここからすぐそこの右翼三段目、大通りからほど近い一角にはセレーザ邸が——アランナの家がある。

真っ青になったシェラの顔は次の瞬間、たちまち憤怒の形相となった。


「……まだアランナさまを狙っているのか？」

ヴァンツァーは面倒くさそうに答えた。

「俺は首を嚙みちぎられるのはごめんだ。旅立ちの挨拶をしてきただけだ」

「何だと？」

「先日の式典で顔を合わせた時、俺は北方の貴族に仕えていると話して聞かせた。——もちろん適当な嘘だがな、その主人に同行して北国へ旅立つことになったと言いに行っただけだ」

思わぬところでお会いできて嬉しかった、以前の無礼を許していただきたい、恐らくもう会うことはかなわないでしょうが、若奥様もお元気で……。

そんな別れの挨拶をしに行ったという。

「疑うなら、あの女に確認してみろ」

「……そうするとも」

答えながら、シェラは顔中で疑問を訴えていた。

なぜわざわざそんなことをしたのかという無言の問いに、男はまた肩をすくめた。

「片をつけなければ、あの女は、俺が顔を出さないことをまたいつまでも気に病《や》むだろう」

「……だから、なぜだ？」

「さあ、なぜかな」

自嘲の響きはあるものの、ヴァンツァーの表情はどこか清々しかった。

その表情が意外で、なぜそんな顔をしているのか理解できなくて、シェラは訝しげに問いかけた。

「……アランナさまのためにやったのか？」

「それは違う。俺自身のけじめをつけるためだ」

否定しながら、ヴァンツァーは以前、アランナ・セレーザに言われた言葉を思い出していた。

（あなたはどんなことがあっても生きていなくてはいけないの）

当時は馬鹿馬鹿しいと笑った言葉だ。

いや、滑稽だという思いは今も変わらない。

それでも、あの時の自分が死ななかったのは——未だにこうして生きているのはもしかしたら……。


ヴァンツァーは、シェラの硬く強張った白い顔を静かな眼で見つめた。

この顔に出会うためだったのかもしれなかった。

「ヴァンツァー！」

明るい声に、二人はぎょっとして振り返った。

笑顔のアランナが小走りに走ってくる。

台所にいたのだろう。エプロンをしたままだ。

「よかった！　間に合って！　これ、持っていってちょうだい。焼きたてなの。冷めても美味しいから途中で食べて」

アランナが差し出したのは化粧紙に包んだ大きな平たい塊だった。

食欲をそそるその匂いから察するに、中身は卵や生クリーム、野菜や挽肉を使った一種のパイだ。

「……ありがとうございます」

珍妙な表情でヴァンツァーが機械的に受け取る。

アランナは横に立っていたシェラに気づいて眼を見張った。

「まあ、シェラ、どうしたの？」

「こちらの方に、道を訊かれまして……」

このくらいの言い訳は瞬間的に出てくる。それが玄人《くろうと》であるシェラの誇りだったが、アランナは納得できない様子で首を捻《ひね》った。

「そうじゃなくて、何かあったの？　顔が恐いわ」

この一言にシェラはどん底まで突き落とされた。

素人《しろうと》に内心の動きを読み取られ、指摘されるとは、玄人を自負する者にとって、これほどふがいなく、情けなく、みっともないことはない。そんな衝撃を表に出したらますます顔が恐いことになるのだが、アランナの指摘はヴァンツァーにも向けられた。

「ヴァンツァー。あなたもよ。そんなぶすっとした顔をしていたらせっかくの美男が台無しじゃないの。特にシェラみたいなきれいな娘《こ》の前でそんな態度はいけないわ。嫌われてしまうわよ」

この忠告がヴァンツァーに与えた痛手《ダメージ》は計り知れない。横で見ていたシェラにはそれがよくわかった。

実に恐ろしきは無心の一撃《げ》だ。

「いけない！　子どもたちを見なくちゃ！　ではね、ヴァンツァー、ご主人様にもよろしくお伝えして。旅の無事を祈ってるわ！」

台風のようなアランナが走り去った後には茫然と立ちつくすヴァンツァーとシェラが残された。

シェラはヴァンツァーの手にある包みを見つめて、ゆっくりと決意表明をしたのである。

「……もし途中で捨てたりしたら、何年かかってもおまえを追いつめて必ず殺すぞ」

口先だけの言葉ではない。その覚悟をしていたが、男はその包みを大事そうに小脇に抱え直した。

「……俺は食べられるものを無駄にしたりはしない。毒が入っていないのもわかっているからな」

当たり前だ。

郭門へ向けて歩き出そうとして、ヴァンツァーはふと思い出したように言った。

「あの女は料理が得意だった」

「今でもとてもお上手だ。——だから何だ」

「お志《こころざし》に感謝する、ありがたくいただいたと、おまえからあの女に伝えてくれ。——おまえが俺に殺される前に」

シェラは男に襲いかかろうとする衝動をすんでのところで抑え込んだのである。

包みを抱えたヴァンツァーは悠然と大通りを下り、その背を見送るふりをしながら、実は燃えるような眼で睨《にら》み据えていたシェラはしばらくして息を吐き、逆に大通りを上っていった。

途中、やはり何人もの顔見知りに声を掛けられる。

そのたび、シェラは心にどす黒い雲を孕《はら》みながら、顔は完璧な笑顔で応えていた。

女神の微笑みの裏に殺気立つ黒い心を隠したまま、正門の門番に明日こういう人が来るからと、エマとマティアスのことを伝え、その後の手筈も指示してシェラは正門をくぐり、壮麗な本宮を通り抜けた。

西離宮に戻った頃には既に夕刻が迫っていた。

すぐに台所に入ろうとして、シェラは気を変えて、自分に与えられている部屋に行き、しまってあった櫛を取り出してみた。

見事な細工の金の櫛は、他ならぬヴァンツァーが、似合いそうだと言って、以前くれて寄越したものだ。

眺めているだけでも忌々《いまいま》しい。

いっそのこと、へし折ってしまおうかと思ったが、自戒の意味を込めて、それを胸元にしまった。

髪に挿す気にはなれないが、肌身に感じることで、あの男の存在を意識しようと思ったのである。

台所へ行き、熾火にしていた鍋の火を少し強めて、とろ火に調節し、作業台でパン生地を練り始める。

シェラの焼きたてのパンは美味しいと、王妃にも、お墨付きをもらっている。

なんと言っても鍋の命運が懸かっているだけに、副菜に加えて、大量のパンでお腹を膨らませてもらおうという作戦だった。

慣れた手つきで黙々と生地を練る間も、シェラの気分は優れなかった。胸元の櫛も相まってあの男の端麗な顔を思い出し、どうにも腹が立って、何度も何度も力任せに、生地を作業台に叩きつけた。

凄《すさ》まじい音が響き渡る。

口汚く罵《ののし》ったりはしないが、その心中《しんちゅう》を敢えて言葉に直すとしたら、

（おのれ！）

（今に見ていろ！）

（ただでは置かないからな！）

というところだろう。

今は誰もいないのだから、大声で喚いたところで何も問題はないのだが、そこは優秀な侍女たるもの、そんなことははしたなくてできないのである。

だが、不愉快な男の顔を思い浮かべながら生地を練るのは案外いいかもしれないと発見した。

なかなか美味しいパンが焼けそうだ。

勝手口の外に複数の人の気配がして、中年の男がおずおずと顔を覗かせてきた。名前は知らないが、本宮の食料庫で何度か見かけたことのある顔だ。

「あのう……薪《まき》と食材をお持ちしました」

「どうぞ。入ってください。薪はいつものところにお願いします」

いくらシェラが有能でも、掃除洗濯炊事に加えて、薪割りまでは手が回らない。

本宮には大勢の薪割り役がいるので、割った薪を下から運んでもらっているのだ。

大きな籠を抱えた男が二人、台所に入って来た。籠の中から様々な食材を取り出して、決められた場所に並べていく。台所の外でも複数の男によって大量の薪が下ろされる気配がする。

いつもと変わらない、見慣れた光景だった。

生地を練りながら、シェラは男たちを労《ねぎら》った。

「ご苦労さまです」

ところが、この後が違った。

挨拶を返して出て行くはずの男たちは出て行かず、

外から新たに三人の男が入って来たのである。

三人とも手に剣を握っていた。

うち二人は二本持っていて、台所にいた男たちに剣を手渡した。結果、五人全員が長剣を右手に握り、一人がシェラにそれを突きつけたのである。

「騒ぐな」

手が粉だらけだったシェラは息を呑んだ。

頭の中は妙に冷静だったが、顔には激しい驚愕と恐怖に青ざめた表情を浮かべて、大きく喘いだ。

「な、何を……」

「黙れ。騒ぐと殺す。ここで悲鳴を上げても誰にも聞こえないのは知っているはずだ」

男は剣を握った手で台所から出ろという仕草をし、シェラは震える声で答えた。

「あ、あのでも、お夕食の支度を……」

「さっさと行くんだ」

剣先で突《つつ》かれるようにしながら追いやられた先は居間だった。シェラに続いて三人が入って来たが、他の二人はどこに行ったのかわからない。

長椅子に座るように促され、シェラはぎこちなく、言われたとおりにした。

「王妃はいつ戻ってくる？」

「存じません……」

剣を突きつけられ、シェラはますます竦み上がり（正確には竦んだふりをして）言った。

「本当に伺っていないんです！　妃殿下は、夜にはお戻りになるとおっしゃっただけで……」

男たちは鷹揚《おうよう》に頷き、シェラを安心させるように言ってきた。

「俺たちの狙いは王妃だけだ」

「王妃が戻ってくるまでおとなしくしていろ」

「そうすればおまえの命は助けてやる」

普通の侍女なら嬉しく思う台詞《せりふ》かもしれないが、シェラはしおらしい表情の裏で歯嚙みしていた。

薪や食材を運ぶ下働きの男たちは、連日のように西離宮を訪れる。見慣れたものには警戒を解くのが人の習性だが、シェラは己の油断が許せなかった。

このままでは王妃が戻ってきた時に夕食の支度も調っておらず、武器を手にした五人もの男が王妃を出迎えることになる。

王妃自身のことは何も心配していない。

あの人は五人が十人だろうとたちまち切り伏せるだろうが、そういう問題ではない。

王妃の留守中に、こんな男たちに乗り込まれたということ自体が、離宮を預かるシェラとしては断じて許せない事態だったのである。

この失態を償うためにも、こんな男たちの襲撃は『なかったこと』にしなくてはならなかった。

そう、この時のシェラはおとなしく頷きながらも、一刻も早く邪魔なこの男たちを片づけて、さっさと料理の続きに掛からなくてはと焦っていたのである。

検討していたのはその手段だ。

シェラは熟練した技倆を誇る刺客《しかく》だが、その技は狙った一人を確実に仕留めるためのもので、大勢を立て続けに倒すような訓練は受けていない。

力業《ちからわざ》にも武器を振り回す荒事にも向いていない。

武装した五人というだけでかなりまずい状況だが、さらに厄介《やっかい》なのは辺りがまだ明るいことだった。

暗闇《くらやみ》に紛れての戦いなら、屈強な五人が相手でもシェラの圧勝だが、この男たちも一国の王妃を手に掛けようとして、こんな大胆な手段に出るからには、それなりの熟練者と見ていい。

今のシェラは得意の銀線も鉛玉も持っていない。

両袖はまくり上げて、手は粉だらけだ。

パンづくりは後にして野菜の皮むきから始めればよかったかと悔《く》やんだ。せめて包丁を握っていれば応戦できたものをと思い、いいや、五本の剣と包丁一本ではやはりこちらの分が悪いと思い直す。

腕には自信があるが、それは刺客の技倆であって、自分は剣士ではないのだから。

それに、こんな状況だが、後始末も問題だ。

掃除は自分がすることになるのだから、床が血に汚れるくらいは仕方がないと諦めるとしても、壁や家具に血が飛び散るのはなるべく避けたい。

さてどうするか——と冷静に考えた。

この部屋の床の片隅には武器が隠してある。

しかし、三人の男が室内にいる状況で、その眼の前で床板を動かして取り出すのは論外である。

残る手段は男の武器を奪い取って倒すことだが、そのためにもきっかけが欲しい。

怯えた表情の裏でめまぐるしく頭を働かせていたシェラはこの時、胸元の櫛を思い出した。

あっという間に方針が決まった。

この時ばかりはあの男に感謝する思いだった。

「あ、あの、わたし……お願いです、殺さないで。死にたくない！」

涙声で言い、震えながら身体を丸めたその様子は、恐怖に錯乱したと男たちには見えただろう。

一人が小さく舌打ちしながら、シェラに近づいた。

「黙れと言っただろう。うるさく泣き喚くようなら本当に——」

殺すぞ、と言いたかったのだろうが、残念ながらその声は永久に発せられることはなかったのである。

シェラの手が握ったものが男を襲ったからだ。

女性の髪を飾るのにふさわしい金細工の櫛の歯が、無粋な男の喉仏《のどぼとけ》に深々と喰らいついたのである。

充分な手応えに、シェラはほくそ笑んだ。

初めて、いいものをくれたと思った。

喉の急所を貫かれて即死した男の身体がぐらりと傾く。倒れるより先にシェラは男の手から剣を奪い、別の一人をめがけて勢いよく投じていた。

いつも使っている短剣と違って大きくて長いので、正直言って投げにくい。

声を立てさせずに仕留められる自信はなかったが、うまい具合に胸のど真ん中に命中した。

男はぽかんとして、自分の身体に刺さったものを見下ろしたが、みるみるその表情がうつろになり、ばったりと仰向けに倒れた。

残る一人は呆気に取られていた。

人間あまりにも信じられないものを見ると咄嗟に動けなくなる。

仲間が二人、あっという間に死体になったのだ。

ほっそりとしなやかな、抜群に美しいこの侍女が何をしたのかと眼を疑ったが、そこはこの男も剣を使う人間である。頭で理解するより先に、本能的に攻撃しようとしたが、シェラのほうが速かった。

一飛びで男の背後に回り、自分の長い髪を摑んで、男の首に巻き付け、そのまま一気に締め上げた。

「————っ！」

首を絞められた人間は声が出せなくなる。

静かに殺すには最適の方法だが、これだと即死はさせられないのが難点だった。

他の部屋にまだ後二人残っている。

捕らえた男の首を自分の髪でぎりぎり絞めながら、シェラは居間の入口を窺い、腕の中の男の息を窺い、首の骨をへし折る勢いで絞め続けた。


男が絶息するまでの時間が恐ろしく長かった。

やっと死んだのを確かめて死体を放り出す。

シェラは急いで居間の隅に駆け寄って膝をつき、仕掛けの中から、投じて使う短剣を取り出した。

まさにその時、絶妙の間で別の男が居間に入って来たのである。

仲間たちの死体を見て男が茫然と立ちすくむのと、シェラの手から短剣が放たれるのは同時だった。

ものの見事に男の首に突き刺さる。

この男も声も立てずに絶命した。

残るは一人。

愛用の武器を手にしたシェラは少しも気負わずに自然な仕草で一番奥の王妃の部屋から覗いていった。

廊下を戻り、反対側の湯殿も覗いてみたが、人の気配はない。

残るは食堂と、その食堂に続く台所である。

食堂にはいない。ならば台所にいるはずだったが、ここにも男の姿はない。

小さな離宮だ。隠れる場所もないのにとシェラが首を捻っていると、男が勝手口の外から入って来た。

自由に立っているシェラを見て眼を見張る。

「……何をしている？」

「あなたを捜していたんですよ」

言った時にはシェラの手から鉛玉が飛んでいた。

『鉛玉』は名前の通り小さな鉛の粒に過ぎないが、シェラの手に掛かればこんなものでも立派な武器になる。小さな鉛の粒は男の喉笛に深々と突き刺さり、この男も驚きの表情を張りつけたまま、一瞬であの世へと旅立った。

扱い慣れた武器さえ手にあれば、こんな男たちはシェラの敵ではないので、五人もの人間を倒したという達成感はまったく感じなかった。

あまり血を流さず、室内を汚さずに片づけられて、ほっとしたくらいだ。

邪魔者が動かなくなったなら、次は掃除である。急がないと、料理の時間がなくなってしまう。


幸い臭う季節でもないし、ひとまず死体を裏庭に運んで隠して、後で埋めようと考えた、その時だ。

シェラは恐ろしいものを眼にして息を呑んだ。

鍋の蓋《ふた》が少し開いている。

さっきまで確かに蓋はきちんと載せておいたのに、それが少しずれている。

シェラはものすごい勢いで鍋に飛びついた。

あの男たちは王妃を殺しにここへ来たのだから、この中に何か入れたのではないか。真っ先にそれを疑ったが、様々な香辛料や調味料を使い、濃いめの味付けに仕上がっているシチューは、匂いだけでは毒物が混入されたかどうか区別がつかない。

条件反射で少し小皿にすくい、味見しようとして、シェラはかろうじて思いとどまった。

もし毒物が入っていたら自分はここで死ぬ。

死が恐ろしかったわけではない。

そんな死に方をするのは王妃が許さないだろうと思ったのだ。

この料理は危険だ、他のものを出すしかない――

そこまで考えてシェラは覚えず唸《うな》った。

死んだ五人をいくら詰《なじ》っても詰り足らなかった。

かなうものなら無限の呪いを掛けてやりたかった。

王妃を暗殺しにやって来るのはいい。

料理に毒物を仕込むのもいい。

そう、他の日ならいくらでもだ。

（なぜ……よりにもよって今日だったのだ！）

今朝のやりとりの後で他の料理を出したりしたら、王妃は間違いなく何かあったと気づくだろう。

正直に打ち明けて、他の料理を出すのがもっとも安全なのはわかっているが、シェラの心は『否』と、頑強に抵抗した。今のシェラは自分の未熟に腸《はらわた》が煮えくりかえっている。その未熟を、素直に王妃に報告する気にはどうしてもなれなかったのだ。

つまらない意地と言ってしまえばそれまでだが、王妃もシャーミアンがレティシアに拉致《らち》された件を未だに国王に語ってはいない。

親しく、信頼している間柄《あいだがら》だからこそ言えないこともある。

ならばどうする？

今夜に限って自分が先に料理に口をつけるか？

だめだ。毒が入っていたら、自分は結局、王妃の眼の前で倒れることになる。

さらにシェラはもっとも恐ろしい事実に気づいて、冗談抜きに心臓が止まりそうになった。

この五人は本宮の『食料庫』から来た。

日常的に国王の口に入るものばかりが並んでいる場所からだ。

（しまった……！）

眼の前が真っ暗になるほどの衝撃に、がっくりと台所の床に手をついたシェラだった。

シェラはこの男たちの名前は知らない。

が、五人がそこで働いていたのは間違いない。

水汲みや薪割りなど最下層の雑事だったとしても、自由に食料庫に出入りできる立場にあったのだ。

（わたしとしたことが、何たる失態！）

一人は生かしておいて、この男たちの素性や誰の差し金かをしゃべらせなくてはならなかったのに、（な、なぜ全部殺してしまったのか……！）

悔やんでも悔やみきれなかったが、嘆くのは後でいくらでもできる。

国王の身に危険が迫る恐れがある以上、シェラの独断では処理できない。

まずはこの男たちの名前を割り出し、誰の紹介で雇われたのかを明らかにしなくてはならなかった。

最下層の薪割りでも、コーラル城が素性の怪しい人間を雇い入れるはずがない。そこから先を辿って、男たちの背後を突き止める必要があった。

ここでシェラは再び唸ってしまったのである。

つまり、どういうことかというと、この男たちの顔を知っている人間——本宮の食料庫で働いている至極まっとうな普通の人の誰かを呼んで、これらの死体の『面通し』をさせなくてはならないのだ。

素人の一般人を？

この凄惨な現場に連れてくる？

無惨に転がった死体を見せて、この連中は自分が殺しましたと言う？

とんでもなかった。

絶望とはこのことか——とシェラは心から思った。

頭は大混乱を起こしているが、惚《ほう》けている場合ではない。迅速に事態の収束を図らなくてはならない。

今回のことは国王にも王妃にも話せない。

こうなると、あの人たちが揃って城を留守にしているのはちょうどよかったとしか言いようがない。

この状況を相談できる人物は一人しかいなかった。

ただし、こんなことを話したら、震えが来るほど凄まじい雷が落ちるのは明白である。

その怒りが恐ろしくないと言ったら嘘になるが、シェラは意を決して勢いよく西離宮を飛び出した。

ノラ・バルロは妻と一緒に友人と歓談中だった。

親しい貴族やその奥方たちを招き、本宮の一室で遅いお茶の最中だったが、廊下に控えていた小者がバルロの元までやって来て囁いた。

「……妃殿下の侍女が公爵さまにお目通りをと」

「わかった」

友人たちに断って部屋の外へ出たが、誰もいない。小者を見ると、小者も当惑した様子だった。

「先程は、こちらにいらしたのですが……」

「はて？」

首を捻った時、シェラが小走りに走ってきた。

「公爵さま！」

バルロは面白そうに唇の端を吊り上げた。

「だから、そう裾を蹴立てて走るなと言っただろう。公爵を呼び出しておいて待たせるとはいい度胸だ」

「申し訳ありません」

シェラは小者に礼を言って下がるように言うと、蒼白な顔でバルロを見上げ、声を低めて言った。

「一生一度のお願いです。——助けてください」

「美しい娘に言われるなら何より嬉しい台詞だが、実は男で元は刺客に言われるのはぞっとせんな」

茶化しながらも、シェラの表情から何かあったと察してくれたらしい。室内の人たちにシェラの姿を示しながら、さりげなく抜け出す口実にした。

「美女のお誘いですので、これで失礼します」

貴族たちの笑いを誘って場を離れたが、バルロの妻が立ち上がり、夫に身を寄せてそっと囁いた。

「まさかとは思うが、その娘に手出しはするなよ、サヴォア公。妃殿下が可愛がっておられる娘だ」

「俺はどこまで奥方の信頼を得られていないのかと思うと悲しくなるぞ、ベルミンスター公」

「そんなものがあると思うほうが間違っている」

国王夫妻とは別の意味で、とても夫婦の会話とは思えないが、この人たちにはいつものことだ。

こうしたやりとりを楽しんでいるのである。

人気のない部屋に移って、シェラがことの次第を慌ただしく説明すると、バルロの顔はみるみる引き締まり、予想通り特大の怒号を発した。

「なぜ一人は生かして捕らえなかった！」

「申し訳ありません……」

シェラはひたすら首を竦めている。

「詫びて済むと思うのか！　おまえが男の形《なり》をしていたら張り手をくれてやるところだぞ！」

「はい。どうぞ、ご遠慮なく……」

この点に関してはシェラの不手際は明らかだ。

手酷く張り倒されても文句は言えないところだが、バルロは忌々しげに舌打ちした。

「今のおまえを殴ったら無条件で俺が悪者になるわ。――その連中は勤め始めた後で何者かに買収されて、血迷った真似に及んだのか。それとも最初からそのつもりで潜り込んでいたのか？」

「……後のほうです。間違いなく玄人でした」

バルロはさらに痛烈な舌打ちを洩らして、大きな身体でずいとシェラに迫った。

「……貴様はそれがわかっていながら、一人残らず殺してしまったわけか？」

文字通りの虎口《ここう》に置かれたシェラはひたすら身を縮めるしかない。まったくもって返す言葉がない。

「我ながら……迂闊だったと思っています。つい、いつものくせで……」

「くせで命を奪われては連中も浮かばれんだろう。だが、本当に王妃だけが狙いだったのか？　本宮の食料庫をうろうろしていたというのだろう」

「はい、まさにそのことなのです」

シェラは力強く頷いた。さすがにバルロは国王の従弟《いとこ》だけあって察しが早い。

「……食料庫の食材を、どういたしましょう？」

「決まっている。即刻廃棄だ。少しでも汚染された疑いのあるものを従兄上《あにうえ》の食卓に出せるか」

「それはわかっています。ですが、どうやって廃棄させればよいのでしょう？　あれだけ大量の食材を、理由もなく処分しろとは言えません」

シェラがさっきから懸念しているのは『なるべく

穏やかに食料庫の食材を処分する』その手段なのだ。

バルロも難しい顔になって、逆にシェラに尋ねた。

「ただ捨てろと命じたのでは現場で働く人間が納得しないというのだな？」

シェラは激しく首を振った。

「そんなことを言ったら厨房は大騒ぎになります。特に料理長は激しく反発なさるでしょう。ご自分の仕事に誇りを持っている方ですから、陛下に直訴も辞さないかもしれません。もちろん、本当の理由を正直に話せば別ですが……」

「できるか、馬鹿者。コーラル城内を国王と王妃の命を狙う者が白昼堂々大手を振って歩いていたと、大声で世間に触れ回れと言うのか？」

シェラはますます小さくなって答えた。

「わたしもその一人でしたから……」

「だからこそだ。例外はおまえ一人でたくさんだ」

この言葉は喜んでもいいのだろうかと思いながら、今はそれ以上に危機感のほうが強かった。

「では、どうすればよいのでしょう？」

シェラは困惑の極みにあった。すがりつくようにバルロに尋ねたが、バルロも答えあぐねて、真剣に唸っていた。

今現在、食料庫内にある食材は絶対に国王の口に入れるわけにはいかない。

さりとて表だって処分するように命じるわけにもいかない。二人して頭を抱えていると、扉が開いて、ラモナ騎士団長が顔を覗かせたのだ。

「……どうした。穏やかでない雰囲気だな？」

「いいところに来た、ナシアス。——と言いたいが、ラモナ騎士団長が覗きとは何の真似だ？」

「おまえが妃殿下の侍女を一室に引きずり込んだと聞いたから、見逃せないと思って覗きに来たんだぞ。——やはり、ただの逢い引きではなさそうだな」

「当たり前だ」

これ幸いとばかりにバルロは友人を引きずり込み、話を聞いてナシアスもさすがに驚いた。

「その五人の面通しはできたのか？」

「これからだ。何しろこの迂闊な侍女どののせいで、一人もしゃべってくれんのだからな。口の堅い者を選んで見せねばなるまい」

「その口の堅い者に心当たりは？」

答えたのはシェラだった。

「先程、御膳管理番にお願いしてきました。詳しいことは話していませんが、大事な話があると……」

二人の騎士団長はその人選に疑問を抱いたらしい。

「御膳管理番？」

「女官長か侍従長のほうがいいのではないか？」

「お二人では官位が高すぎるんです。下働きの男の名前まではご存じないはずです」

それはもっと下級の官吏の担当なのだ。

「薪割りの男たちを把握している下級官吏の中で、きみがその管理番を選んだ理由は？」

「どのくらい城に勤めている。長いのか？」

「いいえ、新しく勤め始めたばかりの人です」

バルロが顔をしかめる。

それは逆にもっとも怪しい人物だ。

最悪の場合、五人の男の仲間の可能性すらあるとバルロは指摘したが、シェラは首を振った。

「仲間ではあり得ません。あの人はこのお城の――普通ではない有り様《あよう》にいちいち驚いて感心している素直な人です。大丈夫、信用できます」

きっぱりと言ったシェラにナシアスは微笑したが、すぐにその微笑を消して言った。

「食料庫内の食材はすべて疑って掛かるべきだな。そんなものを陛下の御膳に出すわけにはいかない」

バルロが吼《ほ》えた。

「そんなことはわかっている！　問題はその手段だ。安易に処分を命じれば刺客の存在を公表するようなものなんだぞ！」

思慮深いことで知られるラモナ騎士団長はしばし思案にふけった。

「陛下は今日は妃殿下とお出かけなのだな」

「そうだ。脱走なさったとも言うがな」

「では、ひとまず今夜のお食事は妃殿下とご一緒に、西離宮で召し上がっていただこう」

「いえ！　それが……」

シェラは慚愧《ざんき》に堪《た》えない顔で、調理中の料理にも毒物が混入された可能性があることを話した。

バルロが盛大に舌打ちして言う。

「他の料理を出せばいいだろう」

「……それが、だめなんです」

今朝の王妃とのやりとりを話すと、バルロは腕を組んで唸り、ナシアスはまたも深く考え込んだ。

「その料理は、きみの自信作なのか？」

「はい。あの人は四日も前から、今日のシチューを楽しみにしていたんです」

他の料理を出したりしたら絶対、変に思われる。

そうまでしてこの失態を王妃に知られたくないとシェラは思っている。

その様子を見て、ナシアスは微笑を浮かべた。

自分の仕事に誇りを持って働いている人間ほど、その仕事に対して強い責任を感じているものだ。

自らの力で修復が利く失態なら、尊敬する主人に報告したくないと思うのも当然である。

同情の口調で言った。

「薪と食材運びとは盲点だったね。いつも見慣れた光景だから、きみに落ち度があったとは思わないよ。しかし、その男たちも間が悪いな。どうせなら他の日に来てくれればよかったものを」

「本当にそうです。わたしが言いたいのもそのことなんです。なぜよりにもよって今日だったのか」

美しい銀髪の、見た目は清楚な侍女が泣きそうな顔で言うのを、ナシアスは苦笑しながらなだめた。

「嘆くことはない。それなら話は簡単だ。そのまま妃殿下にお出しすればいい」

バルロが怒号を発した。

「ナシアス！　わかっているんだろうな。従兄上《あにうえ》も召し上がるんだぞ！」

「だからこそだ。妃殿下に毒物は効かない。それはおまえも確認したことだろう」

「馬鹿を言うな！　当てもの遊びとはわけが違う！　今度は本当に従兄上の命が懸かっているんだぞ！」

　バルロが猛烈に抗議したのはもちろん、シェラも必死に訴えた。

「そうです！　万が一ということがあります！」

「そうかな？　わたしはそうは思わないが」

　穏やかな顔をして恐ろしいことを言う人である。

　ナシアスは水色の瞳で興味深げにシェラを見つめ、淡々と話を続けた。

「聞いた話では、きみは様々な毒物を妃殿下に試し、妃殿下はそのことごとくを看破したそうじゃないか。今回の五人がどういう筋の刺客だったか知らないが、きみの知らない未知の毒薬を彼らが知っているとは考えにくいし、既存の毒物なら妃殿下は必ず見抜く。だったら変に身構える必要はない。堂々とその得意料理をお出ししろ。陛下がご一緒ならなおさらだ。妃殿下に鑑定《かんてい》していただければちょうどいい」

「……ナシアス。おまえな、本当に、王妃に毒味をさせようと言うのか？」

　大公爵家の総領息子に生まれたバルロにとって、高貴な人の食事とは毒味されて当然のものなのだ。

　その毒味を高貴な人自身にやらせるとは——と、どうしても納得がいかない様子だったが、比べると、ナシアスはある意味、非常に合理的である。

「口にせずに毒を見抜く能力のある方がいるんだぞ。その方にお願いして何がいけない？」

　悪戯っぽく笑って、ナシアスは「ただし……」と、シェラに向かって真顔で言った。

「妃殿下がその料理に手を付けようとしなかったら、その時は諦めなさい。潔く打ち明けるしかない」

　シェラはまだ呆気に取られながら頷いた。

「はい……」

　バルロが嘆息して言う。

「つまりおまえは、問題の鍋には毒が入っていない確率が高いと踏んでいるわけか」

「ああ、五人でか弱い侍女を――彼らの勘違いには心から同情するが――捕虜にして西離宮を制圧して、戻って来た王妃に襲いかかるつもりだったのだろう。そんな乱暴なやり方と食べ物に毒を仕込むやり方は矛盾している。あくまで個人的な見解だが、問題の料理は無事だと思う。だから陛下も今夜は西離宮へ行っていただいたほうが安全だ。――シェラが得意料理を陛下にも振る舞いたがっていると伝えれば、芙蓉宮の方も譲ってくれるだろう」

　頷きかけて、シェラははっとして首を振った。

「だめです！　お越しいただくわけには参りません。失念していました。あの鍋だけではなく今西離宮にある食材も本宮の食料庫から運んだものです」

　バルロが本物の虎さながらに唸った。

　結局、話はそこへ戻る。

「ナシアス。本宮の食料庫の大量の食材はどうする。個人的見解とやらで片づく問題だと思うのか？」

「もちろん、思わない。今のうちに、決して陛下が口になさらないように処置すべきだ」

「だからその手段が問題だと言っているのだ！」

　バルロが吼え、シェラも真摯《しんし》な顔で頷いた。

　ナシアスは少し考えて言ったのである。

「では、こういうのはどうかな。サヴォア公爵邸の食料庫の中身と本宮のそれをそっくり入れ替える」

「……なんだと？」

「時々おまえのところで食事をいただくが、かなり贅沢なものを食べているではないか。おまえの家で使っている食材なら、陛下の食卓に供されるものと比べても質では引けを取らないはずだぞ」

「いや、それはそうだろうが、どんな口実で⁉」

　ナシアスは呆れたように旧知の友を見た。

「おまえはデルフィニアの筆頭公爵だろう」

「今さら言われるまでもない」

「前国王の甥で現陛下の従弟《いとこ》でもある」

「それも今さらだ」

「だからおまえが食料庫に出向いてこう言えばいい。『俺は従弟として、従兄上が日頃どのようなものを召し上がっているのかこのほど吟味《ぎんみ》することにした。ただちにこの食料庫の食材をそっくり全部サヴォア公爵邸に運び込み、代わりに公爵邸の食材をここへ持ってきて従兄上の食卓に供するのだ。すぐに行え。これは筆頭公爵としての命令だ』。ああ、なるべくえらそうにそっくり返って言うんだぞ。そのほうが効果的だからな」

シェラはぽかんと眼を見張った。

バルロは呆れ果てた顔で怒声を発した。

「そんな無茶が通ると思うのか⁉」

「いかにも。他の誰が言っても通らないだろうが、おまえが言えば通るさ。──バルロ、身分や立場に伴う特権というものはこんな時に行使するものだぞ。足らなかったらベルミンスター公爵家の食料庫にも協力してもらうといい。──わたしは帰宅するから後のことは任せる」

「ナシアス……」

怒号を通り越して猫なで声になるのは要注意だ。虎と呼ばれるバルロの本領発揮である。

不気味なくらい愛想のいい笑顔で迫った。

「今、非常に面妖な台詞を聞いたような気がするが、きっと俺の気のせいだな。この危機的状況を前に、ラモナ騎士団長が『帰宅』などと、そんな馬鹿げた、ふざけた台詞を口にするはずがないからな」

「いいや、帰る。わたしには自宅で新妻の手料理を味わうという重大任務が待っているからな」

再びバルロの顔が真っ赤に染まる。

今度こそ最大級の怒号を落としそうになったが、ナシアスは苦笑して、そんな旧友をなだめたのだ。

「少し冷静に考えろ。おまえはこの王宮に異変など生じていないと皆に思わせたいのだろう」

「……わざわざ説明しなくてはわからんのか？」

「こちらの台詞だ。わたしは新婚ほやほやなんだぞ。最近は夕刻になったらまっすぐ家に戻るのが習いだ。

それなのに、いつもと違う行動を取ってみろ。何かあったのかと人の注目を浴びるのは必至だぞ」

しかもその理由を説明できないのだから。

「普段と変わったことをするのは極力避けるべきだ。——というわけで帰るが、芙蓉宮にはわたしから、今夜の陛下の晩餐は不要だと伝えておく。あそこに残っている食材も気掛かりだが、それはおまえから言うよりも、似たような口実でベルミンスター公に働いてもらったほうがいいだろうな」

独り言のように言って、ナシアスは本当に部屋を出て行ってしまったのである。

二人はその背中をぽかんと見送ったが、バルロが苦い顔でため息を吐いた。

「ずっと前、俺の執事があの男だけは敵に回すなと言ったことがあるが……変わらんな」

シェラも茫然と頷いた。

「……同感です」


御膳管理番は初めて訪れた西離宮に、ただでさえ緊張していた。

あらかじめ、何を見ても驚かないようにバルロに言い含められていたが、裏庭に並べられた五体もの死体を見せられては冷静でいられるわけがない。

「ひゃあっ！」

すっ頓狂《とんきょう》な悲鳴を発して、ぺたんと地面に座り込んでしまいそうになったのを、横にいたシェラが咄嗟に手を貸して支えてやる。

管理番はそれで何とか踏み止まった。

若い娘が蒼白な顔をしながらも、しゃんと立っているのに、男の自分が腰を抜かしたのではあまりにみっともないと自分自身に活を入れたのだろうが、がたがた震える体軀《たいく》は抑えようがない。

「この五人の名前はわかるか？」

バルロの問いかけにも、しばらく返事も出来ない有様だった。

普通に生活している人にとって、五体もの死体は、たいへんな重圧感《プレッシャー》である。

だが、管理番も事態の重大さをわかっていたので、震えながらも五人の名前を告げ、誰の紹介で城内に雇われたかも、調べればわかると請け負ってくれた。

そして何より、管理番は襲撃の現場に居合わせたシェラの身を案じて涙ぐんだのである。

「よく……よくまあ、ご無事で」

シェラもすかさず菫の瞳に涙を浮かべて頷いた。

「はい……本当に。殺されてしまうかと思いました。恐ろしくて恐ろしくて、今思い出すだけでもぞっとします。公爵さまが訪ねてきてくださらなかったら……わたしは今頃どうなっていたことか……」

見る人が見れば、五人の致命傷は剣でつけられた傷でないことは明白だが、素人の管理番にはそんなことはわからない。

「ようございました。本当にようございましたねえ。この者たちがまさか、そんな恐ろしいことを……」

青ざめた顔で身震いしている管理番に、バルロは重々しく言い聞かせた。

「管理番。当分このことは誰にも言ってはならんぞ。五人の行方を聞かれても知らぬふりをしていろ」

「は、はい……わかっております。ですけど、この遺体はどのように……？」

「それはおまえが知らぬでもいいことだ。こちらで処分する。もう帰ってよいが、いつもと同じように振る舞うことを忘れるなよ」

「は、はい……それでは、失礼いたします」

管理番はおどおどと頭を下げて戻ろうとしたが、心配そうにシェラに言ってきた。

「今日は本宮に下りたほうがよいのでは？　ここで過ごされるのは危ないと思いますが……」

「大丈夫です。もうじき妃殿下がお帰りですから」

「へ……？」

「妃殿下がいらっしゃれば、あんな男たちは簡単にやっつけてしまいます。ですから、ご心配なく」

気掛かりそうにしながらも管理番が帰って行くと、

バルロは西離宮の空き部屋に待機させていた自分の家の使用人たちに死体の処置を命じた。

サヴォア家ほどの大家ともなると、使用人たちも上はカーサのような上流階級を相手にする執事から、下はあまり大きな声では言えない仕事――それこそ死体の処理をする者までいるらしい。

彼らは黙々と五人の死体を運び、奥深い山の中に埋めてくれた。

さらにバルロはサヴォア家で働いている料理人を三人も貸してくれた。

シェラもありがたくこの援助を受けた。

太陽は既に西の空に沈もうとしている。

もうじき空腹の王妃が国王を伴って戻ってくる。

到底、通常の男女二人分の料理では足りるはずがないのだ。

今から必要な分量をつくるには人手が必要だった。

基本的な味付けはシェラが自分でやるが、材料を切ったり下ごしらえを担当してもらえれば助かる。


「おまえたちはこの侍女が帰ってもいいと言うまで、その指示に従え。俺は下の様子を見てくる」

今頃、本宮ではサヴォア公爵の指示による食材の大移動が行われているはずだ。玄関までその背中を見送り、シェラは思い出したように問いかけていた。

「公爵さま。――いえ、ティレドン騎士団長さま。バクストン・サーキスという人物をご存じですか」

「サーキス？　ホランドのか？」

「はい。ご領主の甥に当たる子爵だそうです」

バルロは首を捻って、記憶を探る顔になった。

「確かそんなできそこないがいたような気もするが、あれがどうした？」

「ご存じの方でしょうか？」

「会ったことはない。噂《うわさ》を聞いたことがあるだけだ。快い噂は見事に一つもなかったがな」

「公爵さま。すみません。一生二度目のお願いです。その人物を少々懲《こ》らしめてもらえませんか」

バルロは軽い驚きに片方の眉を吊り上げた。

シェラが今日の出来事を手短に語ると、その顔が露骨に歪《ゆが》み、不快そうに文句を言ってきた。

「貴様、そんな汚物《おぶつ》を我が団に押しつけたのか？」

気圧されて小さくなりながらシェラも抗弁する。

「お言葉ですが、子爵ご本人が、自分はティレドン騎士団に入団が決定していると、それは誇らしげにおっしゃっていましたので……」

「ほほう」

にやりと笑ったバルロだった。

「わかった。そういうことなら、おまえに非はない。同時におまえに頼まれる覚えもない。二度とそんな虚言を言えぬように徹底的に指導してやろう」

「よろしくお願い致します」


とっぷりと陽が暮れてから、王妃は国王を連れて西離宮に戻ってきた。

二人とも芙蓉宮に寄って一風呂浴びてきたようで、洗い立てのさっぱりした匂いがする。

王妃はシェラが見たことのない服を着ていた。いつもの胴着と変わらない男物だが、生地が違う。少し上等の、色も明るめの生地を使っている。

「お似合いですね。さすがはポーラさまです」

おしゃれに興味のない王妃も、着心地のいい服とポーラの気持ちは嬉しいようだが、新しい服よりも今は腹具合のほうが猛烈に気になるらしい。

「もう腹が減って腹が減って、今なら本当に鍋でも食べられそうだ」

一緒に来た国王も見るからに飢えきっている。

「鍋は無理でも、俺も机の脚くらいは食えそうだぞ。おまえの得意料理だそうだが、はたして味わう暇があるかどうか、はなはだ疑問だ」

「言えてる。おれもまったく同感だ」

「困りました。そんな具合ではお料理の出し甲斐《がい》がありません。ひとまずこれで凌《しの》いでください」

シェラはなるべく平静を装って、大量につくった副菜やパンを食卓にずらりと並べた。

これらはサヴォア家から提供された食材を使っているので安全である。

飢えきっていた二人はたちまち皿を空にし始めた。並の胃袋の持ち主ならこれで満腹になるはずだが、二人ともますます食欲をそそられたらしい。

いよいよだ。シェラは熱々に煮込んだシチューを深皿によそい、新たなパンを添えて持っていった。

「お待たせいたしました」

自分も図太くなったものだと思う。内心の動揺は微塵も顔に出さなかった自信があるが、もし王妃がこの皿に手を付けようとしなかったらどうしようと、心は激しく震えていた。

その震えは王妃がシチューをすくって口に持っていくまで続いたのである。

「美味しい！」

一口食べて王妃は顔を輝かせた。

国王も相好を崩して舌鼓《したつづみ》を打っている。

「うむ、うまい！」

シェラはほっとした。

自分も座って一口味わって、今度こそ深い安堵に襲われた。こんなにも心が軽くなった覚えはないと思うくらいだった。

晴れやかな笑顔は料理の出来に満足したからだと、国王と王妃には見えただろう。

「時間を掛けて煮込んだ甲斐がありました」

「それを言うなら『待った甲斐があった』だ」

国王と王妃と侍女の三人はしばらく夢中で夕食を味わったが、ひととおり腹が落ち着いたところで、国王がシェラに話しかけた。

「ところで、一つおまえに頼みがあるのだが……」

「どのようなことでございましょう」

「泥棒をやってくれんか」

シェラは眼を丸くして問い返した。

「泥棒……でございますか？」

「おまえは以前、ケイファード城にも潜り込めると言っていただろう。それに比べると簡単だと思うぞ。

ベルミンスター公爵家の書庫から約百年前の先祖の書いた書類を――日記でも手紙でも証文でも何でもいいが――盗んできてもらいたいのだ」

まだ呆気に取られながらシェラは訊いた。

「……あの、失礼ですが、そのようなものを盗んでいったいどうなさろうと……？」

「筆跡偽造の手本にする」

シェラは完全に絶句し、王妃が噴き出した。

型破りの王妃には国王が何を考えているかすぐにわかったらしい。悪戯っぽく言ったものだ。

「ベリンジャーの祖先が問題の土地を買った証拠をでっちあげようっていうんだな」

「うむ。あくまで推測だが、俺は両者の間で正しい取引が行われたと思っている。ただあまりに少額で、ベリンジャーは記録に残さなかっただけだ。だから、その記録が出てきたことにする」

「だけど、それなら泥棒に行く先はベリンジャーのほうじゃないのか？」

「ベリンジャーは既に家が絶えている。古書の類《たぐい》は親戚のベルミンスター公爵が引き取ったはずだ。先代のベルミンスターが几帳面な人物だったからな。一家の歴史とも言うべき文書の類はすべてきちんと保管してあるはずだぞ。――行ってくれるか？」

シェラは驚きに眼を丸くしたまま頷いた。

今日一日で垣間見た普通の人々の生活や考え方が、この人たちに掛かると一瞬で吹き飛んでしまう。

いったいどちらが正しいのやら……と思いながら、シェラは遠慮がちに言った。

「確かにそれでクルトさまもアングルさまも不当な要求はできなくなりますが……嘘の契約書で事態を解決しても、何も問題はないのでしょうか？」

「今回に限ってはな。シェラ、間違えてはいかんぞ。本当に大事な事柄や重要な約束で、嘘やごまかしは断じてならん。そんなことをしたらまとまるものもまとまらなくなる。もっての外《ほか》だが、今回の二人の要求はあまりにも恥を知らんものだ。従って、俺も廉恥《れんち》は忘れて対応する。それだけのことだ」

王妃も言った。

「もともと連中の言いがかりみたいなもんだからな。目には目を、歯には歯を、でたらめにはでたらめでちょうどいいだろうさ。——どうだ、行けるか？」

わたしでお役に立つなら喜んでとシェラは答え、躊躇いがちに王妃に話しかけた。

「実はわたしもお願いがあるのですが……」

「へえ、珍しいな。何だ？」

「婚約の立会人を務めてもらいたいのです」

王妃のみならず国王までもがきょとんとなる。

シェラが昼間の出来事を手短に話して聞かせると、今度は二人とも申し合わせたように顔をしかめた。

こんなところは本当に似たもの夫婦である。

王妃は不快そうに唸った。

「この城内で婦女暴行だって？」

国王も呆れ果てた顔を隠そうともしていない。

「しかも王妃の侍女と知っていて、おまえに狼藉《ろうぜき》を働こうとしたのか？　何たる命知らずだ」

「はい。ですが、わたしは自分のほうに来てくれてほっとしました。あれがエマさまだったら、本当に取り返しのつかないことになっていたでしょう」

「そんな奴の股間は蹴り潰《つぶ》してやればよかったんだ。残しておいたら被害者が増えるだけじゃないか」

王妃がとことん真顔で言うので、シェラとしては困ったように笑って首を振るしかない。

「さすがにそこまでは……。あくまで偶然ああいう結果になっただけと思わせておきたいので。それに、子爵のことは放っておいても大丈夫だと思いますよ。公爵さまが片を付けてくれるはずです」

「従弟《いとこ》どのが？」

そこでシェラがバクストンの吐《つ》いた、ティレドン騎士団に入団決定という嘘の話をすると、二人とも実に愉快そうな笑顔になった。

「そうか。それで安心した。その子爵は間違いなく再起不能なまでの制裁を受けるだろうからな」

「おれもその制裁を手伝ってやりたいくらいだけど、団の問題は団の内部で片づけるべきだよな」

「後は若い二人が王妃の承認で正式に婚約すれば、その恥知らずは何もできなくなるか」

国王が何か思いついたように身を乗り出した。

「一言祝うだけでいいのなら、いっそのこと、俺もその若い二人の婚約に立ち会おうか」

言うと思った——と嘆息しながら、シェラはまた首を振った。

「ありがたいお心ですが、陛下がいらっしゃったら、エマさまは間違いなく卒倒してしまいますよ」

王妃が茶目っ気たっぷりに言う。

「おれのほうがまだ恐くないって？」

「いいえ。まだしも緊張はしないというだけです。——いかがでしょう。お願いできますか？」

「いいよ。もしその時通りかかったのがおれなら、間違いなくそいつの股間を蹴り潰して終わらせてたからな。——他には？　留守中に何かなかったか」

シェラはにっこり笑って答えた。

「他には同僚の娘の見舞いに行って、ポーラさまのお手づくりのお菓子をいただいたりしていました。変わったことなど何もありませんでしたよ」

あとがき

今回は過去の話です。

時系列で言うと「ポーラの休日」は十三巻の終わり、「王と王妃の新婚事情」は八巻の頭くらい、「シェラの日常」は十四巻の頭くらいの出来事でしょうか。

「ポーラの休日」は以前『デルフィニア戦記画集』に収録したものですが、画集に収録ということでご存じない方も多いかと思い、この度、書き直して再録しました。

しかし、書いた本人、見事に内容を忘れてます……。

直しながらも何だか初めて読むようで、我ながら驚きました。

「シェラの日常」はこんなにシェラばかり書いたのは初めてですが、新鮮でした。意外な視点から舞台を見ることが出来た気がします。サブタイトルを付けるとするなら、ずばり「スーパー家政婦シェラ」でしょう。ただし、ちょっとドジなところもありますが（笑）。

久しぶりに懐かしい人たちを書くことができて楽しかったです。

そして沖麻実也《おきまみや》さん、今回もすばらしいイラストをありがとうございました。

話は変わりますが、五月に鈴木理華《すずきりか》さんの画集が発売されます。

『暁の天使たち』シリーズと『クラッシュ・ブレイズ』シリーズのイラストをまとめたも

ので、理華さんの書き下ろしのイラストや漫画など、盛りだくさんの内容になっています。

作者も書き下ろし小説を書かせてもらう予定です。内容はこんな時でもないとできない「ジャスミンとケリーの結婚式」です（ただし、指輪の交換もケーキ入刀もなしの人前結婚式ですが）。実は『スカーレット・ウィザード』の思い出話も絡んでくる話です。

個人的には、あの女王さまにはどんなウェディングドレスが似合うんだ？　とさんざん頭を捻りました。理華さんがどんなイラストをつけてくださるか、とても楽しみです。

七月には、再び連邦大学にいる金銀天使たちの話を書いてみる予定です。

どんな話になるかは、まだ決まっていません。もしかしたら一学年くらい進級するかもしれません。ただ、金銀天使たちがメインですので、この話の挿絵はまた鈴木理華さんにお願いすることになると思います。


最後に他社の話で恐縮ですが、『レディ・ガンナー外伝　そして四人は東へ向かう』が発売中です。こちらも短編（中編？）集になっています。

お手に取っていただければ幸いです。

茅田砂胡

「ポーラの休日」は二〇〇〇年三月刊行の『デルフィニア戦記画集』に収録されたものに加筆修正をおこないました。

「王と王妃の新婚事情」は一九九七年六月に発売された『デルフィニア戦記アルバム』(収録時タイトル「蜜月――彼と彼女の場合――」)を改題し、加筆修正をおこないました。

「シェラの日常」は書きおろしです。

ご感想・ご意見をお寄せください。

イラストの投稿も受け付けております。

なお、投稿作品をお送りいただく際には、編集部
(tel:03-3563-3692、e-mail:mail@c-novels.com)

まで、事前に必ずご連絡ください。

〒104-8320　東京都中央区京橋2-8-7
中央公論新社　C★NOVELS編集部

C★NOVELS Fantasia

コーラル城《じょう》の平穏《へいおん》な日々《ひび》
——デルフィニア戦記外伝《せんきがいでん》2

2011年3月25日　初版発行

著　者　茅《かや》田《た》砂《すな》胡《こ》
発行者　浅海　保
発行所　中央公論新社
〒104-8320　東京都中央区京橋2-8-7
電話　販売 03-3563-1431　編集 03-3563-3692
URL http://www.chuko.co.jp/

印　刷　三晃印刷（本文）
大熊整美堂（カバー・表紙）
製　本　小泉製本

Published by CHUOKORON-SHINSHA, INC.
Printed in Japan　ISBN978-4-12-501145-5 C0293

第8回 C★NOVELS大賞 募集中！

あなたの作品がC★NOVELSを変える！

みずみずしいキャラクター、
はじけるストーリー、
夢中になれる小説をお待ちしています。

賞

大賞作品には賞金100万円

刊行時には別途当社規定印税をお支払いいたします。

出版

大賞及び優秀作品は当社から出版されます。

第4回

- 大 **夏目 翠** 翡翠の封印
- 特 **木下 祥** マルゴの調停人
- 特 **天堂里砂** 紺碧のサリフィーラ

第5回

- 大 **葦原 青** 遙かなる虹の大地 架橋技師伝
- 特 **涼原みなと** 赤の円環《トーラス》

第6回

- 大 **黒川裕子** 四界物語1 金翅のファティオータ
- 特 **片倉 一** 風の島の竜使い

- 大 **藤原瑞記** 光降る精霊の森
- 特 **内田響子** 聖者の異端書

- 大 **多崎 礼** 煌夜祭《こうやさい》
- 特 **九条菜月** ヴェアヴォルフ オルデンベルク探偵事務所録

- 特 **海原育人** ドラゴンキラーあります
- 特 **篠月美弥** 契火《けいか》の末裔《まつえい》

大…大賞受賞作　特…特別賞受賞作

この才能に君も続け！

応募規定

❶プリントアウトした原稿、❷表紙＋あらすじ、❸エントリーシート、❹テキストデータを同封し、お送りください。

❶プリントアウトした原稿
「原稿」は必ずワープロ原稿で、40字×40行を1枚とし、90枚以上120枚まで。
※プリントアウトには通しナンバーを付け、縦書き、A4普通紙に印字のこと。感熱紙での印字、手書きの原稿はお断りいたします。

❷表紙＋あらすじ（各1枚）
表紙には「作品タイトル」と「ペンネーム」を記し、あらすじは800字以内でご記入ください。

❸エントリーシート
C★NOVELSドットコム[http://www.c-novels.com/]内の「C★NOVELS大賞」ページよりダウンロードし、必要事項を記入のこと。

※❶❷❸は、右肩をダブルクリップで綴じてください。

❹テキストデータ
メディアは、FDまたはCD-ROM。ラベルにペンネーム・本名・作品タイトルを明記すること。必ず「テキスト形式」で、以下のデータを揃えてください。
ⓐ原稿、あらすじ等、❶❷でプリントアウトしたものすべて
ⓑエントリーシートに記入した要素

応募資格

性別、年齢、プロ・アマを問いません。

選考及び発表

C★NOVELSファンタジア編集部で選考を行ない、大賞及び優秀作品を決定。2012年2月中旬に、C★NOVELS公式サイト、メールマガジン、折り込みチラシ等で発表する予定です（一次選考通過者には短い選評をお送りします）。

注意事項

- 複数作品での応募可。ただし、1作品ずつ別送のこと。
- 応募作品は返却しません。選考に関する問い合わせには応じられません。
- 同じ作品の他の小説賞への二重応募は認めません。
- 未発表作品に限ります。ただし、営利を目的とせず運営される個人のウエブサイトやメールマガジン、同人誌等での作品掲載は、未発表とみなし、応募を受け付けます（掲載したサイト名、同人誌名等を明記のこと）。
- 入選作の出版権、映像化権、電子出版権、および二次使用権など、発生する全ての権利は中央公論新社に帰属します。
- ご提供いただいた個人情報は、賞選考に関わる業務以外には使用いたしません。

締切

2011年9月30日（当日消印有効）

あて先

〒104-8320　東京都中央区京橋2-8-7
中央公論新社『第8回C★NOVELS大賞』係

（2010年11月改訂）

主催・C★NOVELSファンタジア編集部

九条菜月の本

翼を継ぐ者

1 契約の紋章

シュルベル王国の小さな農村で育った少女リディア。ある日、村に他領の騎士が乗り込んでくる。リディアは主家の継承者の証を持っていて、自分たちは迎えにきたというのだが……。

2 紋章の騎士

紋章貴族として生きる決意をした
リディアの前に立ちふさがる難問
——戦争か？　和平か？
自身の判断で人々の未来が決まる。
究極の決断を迫られ惑う彼女の
命を狙い、刺客が放たれた！

3 封印の紋章

シュルベル、カーランド両国で
高まる戦争の機運。二つの国に生きる、
二人の少女は、争いを避けるため、
それぞれの戦いに挑む！
一方、国内では教会を巡り、
不穏な動きが加速していた。

4 紋章の覇者

国境で戦の火蓋が切られた。
命を狙われた一連の出来事の裏に
義兄がいたことを知り傷つくリディアだったが、
紋章に秘められた力を使い、起死回生の手に打って出る！
シリーズ完結巻

イラスト／キヲー